Wolf-Henry Sturt

Die Familie v. Gersdorff
Halte die Fahne hoch, mein Junge!

Wo das LEBEN seinen Anfang nimmt
und die LIEBE niemals endet…

Eine bewegende Familiengeschichte aus einer dunklen
Zeit, in der dennoch versteckt und unscheinbar eine
kleine Pflanze blüht: Sie heißt Hoffnung!

Autor: Wolf-Henry Sturt

Wolf-Henry Sturt wurde 1952 auf dem Gut seines Onkels
südlich von Kassel geboren. Er wuchs in Darmstadt und
Hannover zusammen mit drei Brüdern auf. Nach Abitur
und Bundeswehr studierte er an der Universität
Hannover Anglistik, Geographie und Pädagogik für das
Lehramt an Gymnasien. Von 1982 bis zu seiner
Pensionierung im Jahre 2016 unterrichtete er die Fächer
Englisch und Erdkunde in Daun in der Eifel. Er ist
verheiratet und hat zwei Töchter und drei Enkelkinder.

Wolf-Henry Sturt

Die Familie v. Gersdorff

Halte die Fahne hoch, mein Junge!

BoD
Books on Demand

Bibliografische Information der Deutschen Nationalbibliothek:

Die Deutsche Nationalbibliothek verzeichnet diese Publikation in der Deutschen Nationalbibliografie; detaillierte bibliografische Daten sind im Internet über http://dnb.de abrufbar.

Impressum:

Herstellung und Verlag: BoD–Books on Demand, Norderstedt
ISBN:9783755776291

Für meinen Enkel Jannis

Jannis: Opa, was soll ich tun?
Opa: Labore et Honore!
Jannis: Opa, wie werde ich glücklich?
Opa: Labore et Honore!
Jannis: Was ist das Ziel?
Opa :   Labore et Honore!
Jannis: Was bedeutet das?
Opa: Das erklären dein Papa und ich dir
        beizeiten.
Jannis: Boaah!
Opa: Komm, jetzt kaufe ich dir erst einmal ein Eis…

Die folgenden Seiten handeln von Blut, Trauer und Tränen, aber auch von einer Sehnsucht, die daraus erwächst. Ich habe versucht, die hier beschriebenen Geschehnisse aus der Sicht der damals lebenden Personen zu schildern und nicht aus der Perspektive einer moralische Bewertungen suchenden Nachwelt. Dem Leser, der nur letztere Perspektive im Blick hat oder nur Erbauliches in der Literatur sucht und ausschließlich in einem seichten, genuss- und glücksorientierten Hier und Jetzt leben möchte, rate ich deshalb, das Buch beiseite zu legen. Es würde ihn verstören.

Wer aber vor Geschehenem nicht die Augen verschließen will und die Hoffnung auf eine bessere. lebenswerte Zukunft nicht aufzugeben bereit ist, sollte weiterlesen. Er wird entdecken, dass die Hoffnung nicht alleine steht, sondern von ihrer Schwester, der Nachdenklichkeit, unterstützt wird und dass auch ihr kleiner Bruder, der schelmenhafte Frohsinn, hin und wieder unter ihrem weiten Rock hervorlugt.

1

An einem Spätsommermorgen erblickte Freya das Licht dieser Welt. Die Eltern, Gerhard v. Gersdorff und seine Frau Anna-Luise, geb. Freiin v. Kettler, hatten mit Sorge diesem Ereignis entgegen geschaut, denn Anna-Luise war während der Schwangerschaft an Röteln erkrankt, was für das noch nicht geborene Kind

7

gefährlich sein konnte. Der Arzt hatte gemeint, man müsse abwarten. In vielen Fällen ginge es gut.

Es war ein großes Kind, es sah gesund aus und schrie nach Leibeskräften. Die Mutter war erleichtert und glücklich. Der Vater hatte sich nach den beiden Töchtern Christlen und Rotraut und dem Sohn Wolf um der familiären Symmetrie willen noch einmal einen Jungen gewünscht. Aber als er das Baby im Arm hielt, drückte auch sein Gesicht Zufriedenheit und Stolz aus.

Er war ursprünglich Berufsoffizier gewesen, war dann jedoch mit einem zerschossenen Arm aus dem Ersten Weltkrieg zurückgekehrt, was eine weitere Verwendung beim Militär ausschloss. Sein älterer Bruder, der gleich nach Kriegsausbruch von seiner Weltreise eiligst in die Heimat zurückgekehrt war, um sich als Freiwilliger bei einem Schlesischen Regiment zu melden, hatte noch weniger Glück. Er fiel schon nach drei Monaten in Russland.

Beide hatten das in ihrer Familie übliche nationale Pflichtgefühl besessen. Sie waren allerdings der Meinung gewesen, der Kaiser und die deutsche Regierung hätten mehr diplomatisches Geschick an den Tag legen können, um einen Krieg zu vermeiden. Für die allgemeine Begeisterung der breiten Masse hatten sie wenig übrig. Insbesondere Gerhard wusste aus seinem Berufsleben, was ein Krieg bei dem derzeitigen Stand der Technik bedeutete. Gleichwohl war ihm natürlich klar, dass Begeisterung am Anfang eines Krieges besser als etwa Kleinmütigkeit ist, will man den Krieg für sich entscheiden.

Als er im Lazarett in Trier lag, besuchte eines Tages Prinzessin Victoria Luise von Preußen die Verwundeten. Neben Gerhard lag ein junger Leutnant Stuart, dem ein

Auge ausgeschossen worden war. Die Prinzessin blieb am Bett des jungen Offiziers stehen und sagte, wohl um ihn zu trösten, sein Opfer wäre nicht umsonst gewesen, er hätte es für Kaiser, Volk und Vaterland gebracht. Die Antwort des Leutnants lautete: „Jawohl, euer Durchlaucht, ich habe es für mein Volk und mein Vaterland gebracht." Die Prinzessin schien eine Spur verwirrt zu sein, ging dann aber wortlos weiter.

Später fragte Gerhard seinen Bettnachbarn, warum er den Kaiser in seiner Erwiderung ausgelassen hätte und ob er kein Monarchist sei. Doch, das sei er sehr wohl. Sonst wären ja die vier Jahre in der Kadettenvoranstalt in Naumburg und die fünf Jahre in der Hauptkadettenanstalt in Berlin-Lichterfelde für die Katz gewesen, meinte dieser, aber das Volk und das Land seien viel wichtiger als der jeweilige, gerade herrschende Kaiser. Im Übrigen sei seine Mutter Russin aus einer verarmten adligen Familie und sein Vater ein halber Engländer. Er sei von seinen mittellosen Eltern mit zehn Jahren in das Kadettenkorps gesteckt worden und das sei im Laufe der Zeit seine Familie geworden. Dort sei er zu einem stolzen Preußen erzogen worden und werde es immer bleiben. Die Antwort machte Gerhard nachdenklich. Im Lazarett hatte jeder viel Zeit zum Nachdenken.

Im Gegensatz zu seinem gefallenen Bruder, der wie sein Vater vor ihm Jurist werden wollte, fühlte sich Gerhard nach seinem Ausscheiden aus dem Deutschen Heer nicht zu einem akademischen Studium berufen. Er beabsichtigte, zunächst bei einem entfernten Verwandten in dessen Firma eine kaufmännische Lehre zu durchlaufen. Da jedoch ein Vetter, der ursprünglich als einziger Sohn seiner Familie das noch im Besitz der Gesamtfamilie Gersdorff verbliebene Majoratsgut Alt-

Seidenberg übernehmen sollte, ebenfalls im Krieg geblieben war, war Gerhard v. Gersdorff nun der nächste erbberechtigte Nachkomme. Also entschloss er sich eine landwirtschliche Ausbildung zu absolvieren und an Stelle des Vetters das Gut zu bewirtschaften.

Man erzählte sich, dass die weit verzweigte Familie Gersdorff in grauen Vorzeiten einst an die zweihundert Güter in der Lausitz besessen hätte - kleine, von denen eine Familie allerdings mehrere besitzen musste, um davon leben zu können, mittlere und große - und damit mehr Land ihr eigen nannte als die sechs dort befindlichen Städte Görlitz, Bautzen, Kamenz, Löbau, Zittau und Lauben zusammen. Das war einmal! Die Güter waren nach und nach verkauft oder in Spielkasinos verspielt worden. Wenn nur Töchter in der Familie vorhanden waren, hatten diese die Güter geerbt und mit deren Verheiratung änderte sich der Name der Besitzer. Der lautete dann zum Beispiel v. Studnitz, v. Gellhorn, oder v. Richthofen. Die Gersdorffs waren nun in der Regel Beamte, Offiziere, Ingenieure oder Kaufleute.

Aber jeder von ihnen hatte im Kopf, dass es noch dieses eine Majoratsgut gab, ein Gut am Rande des Riesengebirges mit Feldern, Wald, Wiesen und Tieren. Im Grunde waren es drei Höfe: der Oberhof, der als größter Betrieb selber zu bewirtschaften war, sowie der Niederhof, und das Steinvorwerk, welche verpachtet wurden.

Das Nutzungsrecht für seinen Wald hatte Gerhard ebenfalls an einen Jagdpächter übertragen. Zum einen wäre sein beschädigter Arm bei der Jagd hinderlich gewesen, zum anderen liebte er es mehr, Tiere zu beobachten und nicht zu schießen. Dafür saß er

nächtelang mit einem Fernglas auf den an Lichtungen aufgestellten Hochsitzen.

Natürlich sah er den Sinn einer waidgerechten Jagd ein, dennoch hatte er im Laufe der Jahre einen zunehmenden Widerwillen gegen das Schießen und Töten entwickelt. Als ganz junger Mann hatte er möglicherweise anders darüber gedacht. Doch jetzt mit zweiundvierzig Jahren glaubte er, genug geschossen und vermutlich sogar getötet zu haben. Auf ihn selbst war ebenfalls geschossen worden und er war schwer verletzt aus dem Krieg heimgekehrt. Das reichte für den Rest seines Lebens!

Darüber hatte er bei einem Schnaps auch mit seinem Jagdpächter diskutiert. Der war der Meinung, dass das Schießen auf Wild in Friedenszeiten und das Schießen auf Menschen in Kriegszeiten überhaupt nicht vergleichbar seien. Dem konnte und wollte Gerhard nicht widersprechen. Trotzdem würde er das Jagen aus persönlichen, rein gefühlsmäßigen Gründen lieber den dazu Berufenen überlassen.

Leider war das eigentliche Gutshaus in der Mitte des 19. Jahrhunderts einem Brand zum Opfer gefallen, so dass man im ehemaligen Verwalterhaus wohnte. Nachdem man den Speicher auch noch zu Wohnzwecken ausgebaut hatte, war das Haus jedoch geräumig genug, um einer Familie mit vier Kindern und zwei Hausangestellten Platz zu bieten. Über dem Eingang brachte man das Gersdorffsche Wappen an.

Von den Erlösen der Landwirtschaft konnte ein ordentliches, wenn auch keineswegs feudales Einkommen erzielt werden. Dazu waren allerdings eine haushälterische Denkweise, Fleiß und eine nicht allzu anspruchsvolle Ehefrau notwendig, denn die Böden waren nur mittelmäßig bis mäßig ertragreich. Alle drei Dinge konnte Gerhard vorweisen. Er stand morgens in aller Frühe auf, teilte die Arbeit ein, kontrollierte tagsüber, ob diese erledigt wurde, packte wenn nötig auch selber mit an, und verkörperte Verwalter, Buchhalter und Schreibkraft in einer Person. Den einzigen wirklichen Luxus, den sie sich gönnten, war ein BMW. Den wollte Anna-Luise unbedingt haben. Da ihr Mann wegen seiner körperlichen Beeinträchtigung den Wagen nur schlecht steuern konnte, war sie normalerweise die Fahrerin. Ein bisschen Eitelkeit durfte schon sein. Dafür aß man gerne ein ums andere Mal zu Mittag Pellkartoffeln mit Quark.

Neben der Landwirtschaft gab es noch in der nicht weit entfernten Stadt Bautzen ein Stadthaus, welches ebenfalls dem Familienverband Gersdorff gehörte. Im Obergeschoss befanden sich zwei vermietete Wohnungen und im Erdgeschoss das Familienarchiv, eine kleine Bibliothek und zwei Zimmer, die immer dann in Anspruch genommen wurden, wenn ein Gersdorff gerade in Bautzen weilte. Dieses Haus zu verwalten, war auch eine Verpflichtung des jeweiligen Majoratsherren auf Alt-Seidenberg.

2

Als Freya etwa sechs Monate alt war, geschah dem Kindermädchen ein Missgeschick. Diese hatte sich für einen Moment nach hinten gedreht, um eine neues Windeltuch aus der Kommode zu nehmen, als das Baby eine unvorhergesehene Drehung zur Seite machte und vom Wickeltisch fiel. Der dumpfe Aufprall des kleinen

Körpers auf dem Parkettboden, der entsetzte Schrei des Mädchens und das augenblicklich einsetzende Brüllen des Säuglings veranlassten die Mutter, die im Nähzimmer an einer Stickerei saß, diese fallen zu lassen und in das Kinderzimmer zu laufen. Dort sah sie, wie die junge Frau mit vor Aufregung rotem Gesicht am Boden saß und dem Säugling den Mund zuhielt. Sie wurde auf der Stelle entlassen, obwohl sie beteuerte, das Baby hätte sich bei ihr vorher noch nie selbständig gedreht. Der eilends herbeigerufene Arzt konnte jedoch, abgesehen von einer Beule an der linken Stirnseite, zur Erleichterung aller keine weiteren Verletzungen des Kindes feststellen.

Im ersten Jahr fiel der Familie kein irgendwie außergewöhnliches Verhalten des kleinen Mädchens auf, außer dass es manchmal etwas langsame Reaktionen zeigte. Als jedoch nach dem zweiten Lebensjahr Freya noch keinerlei Anstalten machte, Papa und Mama zu sagen, begann der Arzt die Stirn zu runzeln. Am Ende des dritten Jahres diagnostizierte er dann eine nicht mehr zu übersehende Entwicklungsverzögerung. Ab dem fünften Geburtstag von Freya war schließlich für alle Familienangehörigen deutlich, dass das Kind zwar äußerlich nett anzuschauen, aber geistig leicht behindert war.

Nichtsdestotrotz rannte und tobte Freya mit ihren Geschwistern und den Kindern der Angestellten und Arbeitern auf dem Gutshof herum, wie es Kinder in dem Alter nun einmal tun. Dabei strahlte sie, wenn das Leben sie anlachte und weinte, wenn das Leben Schatten warf, genauso wie ihre Freunde auf dem Hof auch. Besonders gerne war sie mit Albert, dem Sohn des Schweizers, zusammen. Sie spielten mit Vorliebe Hochzeit, wobei

Freya als Brautkleid eine Gardine um den Körper gewickelt hatte und Albert den viel zu großen Zylinder seines Großvaters auf dem Kopf trug.

Allerdings richteten die Eltern immer ein besonderes Augenmerk auf Freya, da sie mögliche Gefahren und Probleme immer etwas später erkannte als andere. Auch die Geschwister wurden angewiesen, auf die Jüngste Acht zu geben und, wenn ihr jemand Ärger bereiten sollte, sie in Schutz zu nehmen. Das taten diese dann auch sehr gewissenhaft. Wenn einer der Spielkameraden ihre Schwester hänselte, dann bekam dieses Kind den geballten Unmut der drei anderen Gersdorff-Kinder zu spüren und durfte mindestens anderthalb Wochen nicht mehr mit in das Gutshaus kommen, um dort Kakao zu trinken. Zanken taten sie sich mit Freya so gut wie nie, dafür aber untereinander umso leidenschaftlicher. Dann konnte es passieren, dass sie eine gewisse Zeit vom „Du" auf das „Sie" umschwenkten. „Christa-Helene, (die Langform des Rufnamens Christlen stand ansonsten nur in der Geburtsurkunde) würden Sie mir gefälligst mal das Schäufelchen reichen." „Aber natürlich Rotraut von Gersdorff, hier haben Sie es und das Eimerchen noch gleich dazu." Die jüngste Schwester hingegen wurde immer liebevoll geduzt.

Bei den gelegentlichen Familienfeiern der engeren Familie, zu denen Onkel und Tanten auf dem Gut zusammenkamen, wurde Freya viel gelobt und auch sonst freundlich behandelt. Auch auf den Treffen aller Gersdorffs, die seit Urzeiten regelmäßig meist in Schlesien stattfanden und zu denen immer viele Menschen, manchmal sogar hundert und mehr, von nah und fern anreisten, kannte man das Mädchen. Man

erwähnte ihr nettes Äußeres, schenkte ihr Süßes und erkundigte sich eingehend nach ihren Freunden und Lieblingsspielen. Ihre Behinderung war ihr in diesem frühen Stadium nur vage bewusst, sie hatte ein unbeschwertes Leben und fühlte sich glücklich.

Einmal, mitten im Winter, ereignete sich folgender Vorfall; Der Vater hatte einen erkrankten Nachbarn besucht. Er war den Weg zu Fuß dorthin gegangen. Auf dem Rückweg durch ein Waldstück glitt er auf dem Eis unter der dünnen Schneedecke aus. Da er nur einen gesunden Arm hatte, konnte er sich nicht richtig mit den Händen auf dem gefrorenen Boden abfangen und brach sich den rechten Oberschenkel. Die Familie wunderte sich, dass er so lange unterwegs war, begann dann aber ohne ihn mit dem Abendbrot. Plötzlich behauptete Freya, sie würde Hilferufe hören. Man öffnete das Fenster und lauschte, doch kein anderer konnte etwas wahrnehmen. Freya hingegen beharrte darauf, Hilferufe zu hören, jetzt sogar noch lauter. Die Mutter zog sich ihren Mantel über, klopfte an der Tür der Schweizerfamilie und gemeinsam, sie selbst, der Schweizer und Freya in der Mitte, gingen sie in die Winternacht hinaus. Das Kind gab die Richtung an, aus der sie angeblich die Rufe hörte. Und so fanden sie nach fünfzehn Minuten den Vater, der hilflos im Schnee lag. Der eilends herbeigerufene Vorarbeiter und der Schweizer trugen den Verunglückten ins Gutshaus. Der Bruch heilte aus, die starke Erkältung ging ebenfalls vorüber, doch Herr v. Gersdorff wusste, dass er möglicherweise sein Leben der jüngsten Tochter zu verdanken hatte, die zwar über keinen scharfen Verstand, dafür aber über ein außerordentlich scharfes Gehör verfügte.

15

3

Die Ehe der Eltern hingegen war nicht besonders harmonisch, sie stritten sich oft. Man versuchte jedoch, dies nach außen hin zu verbergen. Die vordergründig heile Welt sollte vor den Kindern keine unnötigen Risse bekommen. Dennoch bekamen diese natürlich einiges mit, vor allem dann, wenn sie die laute, tiefe Stimme ihres Vaters hinter der verschlossenen Schlafzimmertür hörten.

Einmal fuhr ihre Mutter nach einem heftigen Ehekrach kurzentschlossen mit den beiden jüngsten, noch nicht schulpflichtigen Kindern, Wolf und Freya, sowie Gerda, dem neuen Kindermädchen, für ein paar Tage an die Ostsee, um auf andere Gedanken zu kommen. Dort wohnten sie in einer kleinen Pension, die sie bei einem der wenigen Familienurlaube schon vorher einmal kennengelernt hatten. In derselben Pension logierte auch ein Herr mittleren Alters mit seiner 10-jährigen Tochter. Herr Praetorius war früh Witwer geworden und verbrachte in Kolberg seinen Jahresurlaub. Man kam ins Gespräch und Anna-Luise erfuhr, dass er in Berlin wohnte, wo er als Chemiker bei der Firma Siemens arbeitete. Sie unterhielt sich gerne mit ihm, denn er war charmant, gutaussehend und humorvoll. Er erzählte ihr von Berlin, den vielfältigen kulturellen Angeboten der Stadt, seinem schönen Haus in Grunewald und auch davon, dass er gerne wieder heiraten wolle.

Am letzten Tag des Aufenthalts in dem Seebad war das Kindermädchen mit ihren beiden Schützlingen sowie der Tochter des Herrn aus Berlin nach dem Mittagessen

an den Strand gegangen. Frau v. Gersdorff wollte im schattigen Garten der Pension noch einen Brief schreiben, dann aber nachkommen. Als sie dort an der Hauswand auf einer Bank saß, Briefpapier und Füllfederhalter vor sich, gesellte sich Herr Praetorius dazu. Das zuerst nur belanglose, freundliche Gespräch wurde nach einer halben Stunde immer persönlicher und intimer. Das führte dazu, dass der Herr die Hand der Dame ergriff, welche sich nicht dagegen sträubte. Schließlich legte er den Arm um sie. So saßen sie einige Minuten und blickten sich in die Augen oder auf die Rosensträucher vor ihnen. Dann küsste er sie. Auch hier war eine Gegenwehr nicht erkennbar.

In dem Moment inniger Zweisamkeit kam Gerda mit Freya an der Hand um die hintere Hausecke. Die anderen Kinder waren bereits durch die Vordertür in die Pension hineingegangen. Der Grund für die vorzeitige Rückkehr war, dass zwei der Kinder plötzlich ein menschliches Bedürfnis verspürten, jedoch nicht auf die unsauberen Strandtoiletten gehen mochten. Das Kindermädchen drehte sich sogleich um und wollte Freya hinter sich herziehen. Doch es war zu spät. Den Blick der fünfjährigen Freya sollte Anna-Luise ihr ganzes Leben nie wieder vergessen. In den Augen des Kindes spiegelten sich kurz hintereinander Erstaunen, dann Traurigkeit und schließlich so etwas wie Enttäuschung. Sofort schob sie den Mann von sich, stand auf und ging durch die Terrassentür in das Speisezimmer der Pension. Später am Nachmittag nahm sie Freya in ihre Arme und flüsterte in ihr Ohr: „Morgen fahren wir alle wieder nach Hause zu Papa, mein Schatz."

Als sie am folgenden Tag am Bahnsteig standen, sah sie deprimiert und irgendwie gealtert aus. Gerda, die aus

einer gesunden, schlesischen Bauernfamilie kam und für ihr Alter schon über eine gute Portion Lebensweisheit verfügte, nahm all ihren Mut zusammen und sagte: „Liebe Froo von Gersdorff, nu machen se ne su a unglückliches Gesichte. Ich hoa zwoar nur Vulksschule gehoat, aber do hommer o Lehrer gehoat, der hot immer philosophiert und gesoit, doas aller Anfang harrlich sei. Aber er garantiere uns, noach einiger Zeit is dar vorbei und alles is su wie vorher." Der zweite Teil dieser Aussage muss zwar nicht immer und überall stimmen, aber es bleibt dem Leser dieser Zeilen überlassen, sich darüber Gedanken zu machen…

Der Zug kam, sie stiegen ein und Anna-Luise fuhr nicht in die Hauptstadt Berlin, sondern wieder zu ihrem einsam gelegenen, steinigen Gut am Rande des Riesengebirges, zu einem Mann, den sie achtete, aber nicht mehr liebte. Oder doch? Ein wenig? Sie nahm aus ihrer Handtasche ein spitzenbesetztes Taschentuch heraus und wischte sich ein paar Tränen aus dem Gesicht. In ihrer Familie war es noch nie vorgekommen, dass eine Mutter mit vier Kindern eine Familie auseinander riss. Und das würde auch bei ihr nicht passieren. Niemals!

4

Freya wurde ein Jahr später als normalerweise üblich in der nahegelegenen Kleinstadt Seidenberg an der dortigen Volksschule eingeschult. Trotzdem bereiteten ihr von Beginn an das Rechnen und das Schreiben große Schwierigkeiten. Nur mit der aufopfernden Hilfe ihrer Mutter konnte sie mit den anderen Kindern der Klasse Schritt halten.

Als Freya in der fünften Klasse war, brach der Zweite Weltkrieg aus. Abgesehen von den fortwährenden Siegesmeldungen im Radio bekam man zunächst wenig davon mit. Nach dem Überfall auf die Sowjetunion meinte jedoch Gerhard v. Gersdorff, das sei eine Nummer zu groß für Deutschland und der Krieg könnte jetzt verloren gehen. Diese Meinung äußerte er aber nicht in der Öffentlichkeit. Stattdessen fuhr er fort, nachts heimlich feindliche Radiosender abzuhören. Seine Frau war trotz der Ermahnungen ihres Mannes weniger vorsichtig. Sie hatte den Nationalsozialisten von Anfang an misstraut und verschwieg dies auch nicht. Eines Tages wurde sie zum NSDAP-Kreisleiter zitiert, der ihr eröffnete, sie bei weiteren defätistischen Äußerungen dahin zu schicken, wo sie längst hingehöre. Danach folgte die Mutter von vier Kindern dem Beispiel ihres Mannes und hielt sich mit ihren Äußerungen zurück.

Ein Jahr vorher war im Dritten Reich ein Gesetz erlassen worden, welches die Überführung der Majoratsgüter in das Eigentum der jeweiligen Gutsherren zum Ziel hatte, wobei allerdings etwaigen Ansprüchen der weiteren Familie Rechnung getragen werden musste. „Bisher hat Hitler nur Unglück gebracht", sagte Anna-Luise. „Aber in dem Fall ist mal ein gutes Gesetz erlassen worden."

Gerhard war da vorsichtiger. Das Gut sollte jetzt zwar in Zukunft nur ihm alleine gehören, aber als konservativer Mann hätte er auch mit dem alten Recht gut weiterleben können. „Man schafft nicht ohne Not im Handstreich einfach ein bewährtes Eigentumsrecht ab", fand er. Wolf würde das Gut sowieso weiterführen, mit oder ohne einem neuen Gesetz. Davon war er überzeugt. Sein Sohn war ein guter Junge, dachte er. Unter

Umständen manchmal zu gutmütig und idealistisch. Aber der größte Lehrmeister, das Leben, würde ihn schon noch in den wichtigen Dingen des Daseins unterweisen.

Mit Beginn der Pubertät bekam Freya einen erstaunlichen Dickkopf und zusätzlich einen Entwicklungsschub, der es ihr immerhin ermöglichte, mit viel Anstrengung einen normalen Volksschulabschluss zu erlangen. Dazu waren allerdings lange Gespräche in den Sprechstunden der Lehrer und gelegentliche Kaffeeeinladungen für die Klassenlehrerin vonnöten.

Während des letzten Schuljahres hatte man bereits damit begonnen, gemeinsam über berufliche Wege für Freya nachzudenken. Die Möglichkeiten schienen begrenzt zu sein. Das Mädchen hätte gerne eine kaufmännische Lehre angefangen. Mittlerweile war jedoch der Selbsterkenntnisprozess bei der jetzt 15-Jährigen so weit fortgeschritten, dass auch sie selbst die Aussichtslosigkeit eines solchen Wunsches einsah.

Nach einigem Hin und Her kam man auf die Idee, eine Ausbildung im nahen Krankenhaus anzustreben. Die Eltern waren zwar beide der Überzeugung, eine vollwertige Ausbildung zur Krankenschwester würde ihre Tochter sicherlich überfordern, aber man wollte sie nicht von vornherein demotivieren und ließ den Dingen ihren Lauf. Schon nach einem halben Jahr war jedoch klar, dass Freya, auch wenn sie sich Mühe gab, nur Krankenpflegehelferin werden konnte. Und Mühe gab sie sich - wie schon vorher in der Schule - allemal.

5

Im November 1942 fuhr Gerhard wie alle Jahre nach Bautzen, um seinen Verwaltungsaufgaben bezüglich des Gersdorffschen Stadthauses nachzukommen. Im Haus nächtigte auch ein junger Karl v. Gersdorff, der mit einer Beinverwundung aus Stalingrad ausgeflogen worden war. Er wollte nun die Zeit seiner Rekonvaleszenz nutzen, um in der Bibliothek seine mathematischen Kenntnisse zu vertiefen, da er nach dem Krieg sein Ingenieurstudium abschließen wollte. Um die Runde zu vervollständigen, rief man noch den alten in Bautzen lebenden Johannes v. Gersdorff an und lud ihn ein, bei einer Flasche Wein einen geselligen Abend zu verbringen, was dieser gerne annahm.

Drei Generationen Gersdorff an einem Tisch! In vielen Familien eher selten anzutreffen, hier aber keineswegs ungewöhnlich, hatte man doch von Kindesbeinen an gelernt, den Alten zuzuhören und sie zu achten, den mitten im Leben Stehenden zuzuhören und deren Ansichten gegebenenfalls zu hinterfragen und natürlich auch den Jungen zuzuhören, sie nach Kräften zu unterstützen und gegebenenfalls auch manchmal zu zügeln.

Nach einigen Höflichkeitsfloskeln und den üblichen Erkundigungen, wie es den jeweiligen Familien ginge, kam man, wie nicht anders zu erwarten, auf den Krieg im Allgemeinen und insbesondere auf die Schlacht an der Wolga zu sprechen.

„Wie wir gehört haben, bist du aus dem Kessel von Stalingrad wegen deiner Beinverletzung ausgeflogen worden, Karl. Was kannst du uns über die militärische

Lage dort berichten?", wollte Gerhard von dem Jüngsten in der Runde wissen.

„Nichts Gutes! Die Munition wird knapp und die Soldaten hungern und frieren. Göring hat versprochen, seine Luftwaffe könne jeden Tag 500 t Versorgungsmaterial einfliegen. Das war mal wieder eine seiner vollmundigen Versprechungen, die bei weitem nicht eingehalten wurde."

„Da hilft wohl nur ein Ausbruchsversuch der 6. Armee oder Generaloberst Hoth bricht mit seiner Panzerarmee durch die sowjetischen Linien und schafft dadurch einen Korridor zur deutschen Front", meinte Johannes.

„Ich bin dort zwar nur ein kleiner Zugführer gewesen, der die Lage nur bedingt beurteilen kann, aber ich glaube, für einen Ausbruchsversuch fehlt schon jetzt der nötige Treibstoff und viele der Zugtiere sind ohnehin schon geschlachtet worden, um der Nahrungsmittelknappheit zu begegnen. Und ob Hoth Erfolg haben könnte, ist auch fraglich. Die Sowjets kämpfen mittlerweile wie die Teufel und ihre Strategie ist um einiges flexibler geworden als zu Beginn des Krieges."

„Woran liegt das?"

„Ich sehe da mehrere Gründe: Erstens, die russische Generalität hat dazugelernt. Zweitens, nach Stalingrad wurden vermutlich viele Elitetruppen der Sowjets geschickt und drittens werden davonlaufende Feiglinge von eigenen Leuten, die hinter den Linien eingesetzt sind, sofort erschossen. Das habe ich selbst gesehen."

„Die Einkesselung konnte ja nur erfolgen, weil die Front der 3. rumänischen Armee durchbrochen wurde. Wie konnte das nur passieren?", unterbrach ihn Gerhard.

„Soweit ich weiß, war der von dieser Armee zu gewährleistende Flankenschutz überdehnt und die

22

Rumänen nur ungenügend ausgerüstet. Ihre 3,7-cm-Pak ist gegen die T-34-Panzer praktisch wirkungslos."

„Meinst du, dass Paulus mit seiner Armee bald kapituliert?"

„Da bin ich überfragt. Aber wenn er kapituliert, ist die ganze weit vorgezogene Heeresgruppe A im Süden in Gefahr. Die muss sich erst geordnet zurückziehen, bevor die in Stalingrad eingesetzten sowjetischen Truppen nach einer eventuellen Kapitulation der 6. Armee wieder frei werden. Sonst könnten die Russen die komplette Heeresgruppe A von der Front abschneiden."

„Wir hätten eben nie Stalingrad angreifen und gleichzeitig Richtung Kaukasus marschieren dürfen. Ich bin sicher, dass der Generalstab das unserem „obersten Strategen" auch gesagt hat. Es wäre klüger gewesen, zuerst bei Stalingrad die sowjetische Versorgung über die Wolga zu unterbinden und später die Erdölfelder im Kaukasus zu erobern oder umgekehrt. Aber beides gleichzeitig zu tun, war größenwahnsinnig!", meinte Johannes.

„Letzteres scheint ohnehin ein besonderer Charakterzug unseres „Führers" zu sein", brummte Gerhard. „Ich bin sowieso der Ansicht, dass nach dem Eintritt der USA in den Krieg die Sache wahrscheinlich für uns aussichtslos geworden ist."

Karl wollte die drohende Niederlage jedoch noch nicht akzeptieren. „Vielleicht können wir durch neue waffentechnische Erfindungen ja noch den Krieg für uns entscheiden oder die westlichen Alliierten überwerfen sich mit Stalin. Im Übrigen sind die Deutschen ja sehr gute Soldaten und können eventuell im nächsten Frühjahr wieder eine Gegenoffensive starten."

Gerhard war da weniger optimistisch. „Was die Waffentechnik angeht sind die Amerikaner uns vermutlich eine Nasenspitze voraus und mit Stalin werden sie sich irgendwann bestimmt überwerfen, aber nicht schon während des Krieges. Da brauchen sie ihn nämlich. Bezüglich der soldatischen Tugenden stimme ich dir zu. Aber was nützt das schon, wenn man einer solchen Übermacht gegenüber steht?"

Der alte Gersdorff, der sich schon immer für Militärgeschichte interessiert hatte, sah das ähnlich, wenn auch etwas differenzierter. „Die deutsche Mentalität - Fleiß, Beständigkeit und die mitunter fragwürdige Obrigkeitstreue - hat meist auch brauchbare Soldaten hervorgebracht. Verstärkt worden ist dies in letzter Zeit noch durch die nationalsozialistische, vor allem kämpferische Eigenschaften betonende Indoktrination. Aber es gab auch Zeiten, in denen die Deutschen und ihr Militär eindeutig in der Defensive waren. Man denke nur an die Napoleonischen Kriege. Den von ihrem revolutionären Sendungsbewusstsein und der eigenen Überlegenheit euphorisierten Heeren Frankreichs hatten sie wenig entgegenzusetzen und haben sich manchmal ziemlich hasenfüßig verhalten."

„Die Zeiten sind ja glücklicherweise vorbei", wandte Karl ein. „Aber ich weiß auch nicht mit Sicherheit, ob Opferbereitschaft ausreicht, das Kriegsglück wieder auf unsere Seite zu zwingen."

Gerhard nickte nachdenklich mit dem Kopf. „Opferbereitschaft kann auch zu Kadavergehorsam werden und dann besteht die Gefahr, die deutschen Soldaten als Kanonenfutter zu verheizen, vor allem dann, wenn der politisch motivierte, von jeglicher Realität abgekoppelte Fanatismus einiger weniger die militärische

Vernunft in den Hintergrund drängt. Wenn dieser Eindruck sich auch in den Köpfen der Soldaten festsetzt, kann es auch schnell zu einem Zusammenbruch ganzer Divisionen, Armeen, ja Heeresgruppen führen."

„Da können wir uns nur wünschen, dass die Oberste Heeresleitung unseren Führer richtig informiert und berät und er schlussendlich diesen Ratschlägen Gehör schenkt", folgerte der Leutnant. „Aber zum jetzigen Zeitpunkt ist Aufgeben sicher noch keine Option. Ich jedenfalls will den Gedanken nicht ad acta legen, dass wir am Ende den Krieg entweder für uns entscheiden können oder zumindest einen akzeptablen Friedenschluss erreichen."

„Und was passiert dann? Ich traue einem Nachkriegsdeutschland unter den Nationalsozialisten nicht. Genau so wenig wie ich einem Vorkriegsdeutschland unter den Nationalsozialisten getraut habe", entgegnete Johannes. Er bedauerte immer noch die Abschaffung der Monarchie.

„Es wäre aber zu hoffen, dass in so einem Fall, nach dem Abflauen der Kriegsmentalität, die Deutschen wieder zur Besinnung kommen und das inhumane Gesicht der Nationalsozialisten erkennen", sagte Gerhard mehr zu sich selber als zu den anderen.

Johannes schüttelte den Kopf. „Daran kann ich leider nicht glauben. Die Begeisterung über einen gewonnenen Krieg wäre so groß, dass Hitler von der breiten Masse der Deutschen als größter Feldherr aller Zeiten angesehen würde."

„Dann bliebe nur die Möglichkeit, eine Regierung unter Hitler wegzuputschen. Viele der älteren Offiziere würden da mitziehen."

Johannes erinnerte sich an die Wirren in der Zeit nach dem Ersten Weltkrieg und an seine Zugehörigkeit zu einem gegen den marxistischen Spartakusbund eingesetzten Freikorps. Daher sah er diese Möglichkeit mit kritischeren Augen. „Das könnte unter Umständen in einen brutalen Bürgerkrieg ausarten. Und das wünscht man keinem Land."

Und so ging die Unterhaltung bis in die Nacht hin und her. Sie waren unter sich, kannten die Einstellungen der beiden anderen und konnte Bemerkungen dieser Art riskieren. Man wusste zwar, dass es in der weiteren Familie auch einige überzeugte Nationalsozialisten gab, aber selbst die hätten die Ideologie nicht über den Familienzusammenhalt gestellt. Zu Denunzianten innerhalb der eigenen Verwandtschaft wären sie sicher nicht geworden.

Was man nicht wusste, war, dass einer aus der Familie Gersdorff ein Jahr später tatsächlich vorhatte, einen Anschlag auf Hitler zu verüben. Durch seine militärische Verwendung in verschiedenen Stäben hatte der 38jährige Oberstleutnant Rudolf-Christoph Freiherr v. Gersdorff Kenntnis von den Gräueltaten der SS, des SD, der Einsatzkommandos der Sicherheitspolizei und vereinzelt auch von Truppenteilen der Wehrmacht in Polen und der Sowjetunion, welche für ihn unfassbare, seinem Verständnis von Ehre konträr widersprechende Verbrechen waren. Außerdem sah er, wie Deutschland einer vernichtenden militärischen Niederlage entgegen steuerte, wenn nicht ein eventuell immer noch mögliches Friedensabkommen angestrebt würde. Beides bewog ihn, sich der geheimen Widerstandsgruppe um Oberst im Generalstab Henning v. Tresckow anzuschließen.

Bei einer Ausstellung sowjetischer Beutewaffen im Berliner Zeughaus am 21. März 1943, dem sogenannten Heldengedenktag, zu der er als Experte abkommandiert worden war, wollte er Hitler, dessen Entourage und sich selbst mit zwei britischen Splitterminen, die er in den Manteltaschen versteckt hatte, in die Luft sprengen. Die Säurezünder mit einer Detonationsverzögerung von 10 Minuten waren bereits aktiviert, als Hitler unplanmäßig schon nach wenigen Minuten die Ausstellung verließ, ein Verhalten, welches der „Führer", wohl aus Angst vor möglichen Attentaten, immer häufiger zeigte. Völlig unmilitärisch entschärfte Gersdorff danach die Minen gerade noch rechtzeitig auf der Toilette des Zeughauses. Gut ein Jahr später lieferte er den Sprengstoff und den Zünder für das Stauffenberg-Attentat in der ostpreußischen Wolfsschanze. Er blieb bis Kriegsende unbehelligt, da seine Mitverschwörer ihn nicht verraten hatten.

6

Der nun 19-jährige Wolf hatte sich nach dem Notabitur noch zum Ende des vorletzten Kriegsjahres gegen den ausdrücklichen Willen seiner Mutter freiwillig zum Militär gemeldet. Über die Hälfte der Mitschüler seiner Abiturklasse zogen als Freiwillige in den Krieg. Sein bester Freund Wilhelm, der stets spöttelnde Paul, der stille, aber bärenstarke Herrmann, der Sohn des Schuldirektors Hans-Jürgen und sogar der schmächtige, immer etwas ängstliche Ludwig und der schöne Theo, Schwarm aller Mädchen des benachbarten Lyzeums und einiger Jungen des eigenen Gymnasiums, von dem Paul behaupteteте, er mache in letzter Zeit ein Gesicht wie Cäsar vor der Entscheidungsschlacht. Fast alle! Wie konnte gerade er da zurückstehen?

Anna-Luise dachte bei ihrer ablehnenden Haltung an ihre drei älteren Brüder, die einer nach dem anderen im Ersten Weltkrieg gefallen waren. Nur der Jüngste hatte überlebt, da er das für das Deutsche Heer notwendige Alter noch nicht erreicht hatte. Die Eltern waren fast verrückt geworden vor Verzweiflung. Ihre Söhne mochten für den Pfarrer, der sie besucht hatte, Helden sein, die für ihr Land ihr Leben geopfert hatten. Für sie selbst waren sie nur ihre Söhne!

Die zwei Ältesten, die als junge Leutnants und Zugführer Dienst taten, verdankten ihren frühen Tod ihren Pickelhauben. Diese waren in der Anfangszeit des Krieges bei Offizieren mit einer höheren Spitze versehen als bei Unteroffizieren und Mannschaften, so dass die französischen Scharfschützen ein „lustiges Tontaubenschießen" auf die zudem meist vor ihren Zügen laufenden Leutnante veranstalten konnten. Aufgrund der desaströsen Verluste gerade in den niederen Offiziersrängen, dämmerte dann auch irgendwann der überalterten Obersten Heeresleitung der Grund für diese Ausfälle und die ohnehin wenig zweckdienlichen Pickelhauben wurden durch für alle Soldaten gleichartige Stahlhelme ersetzt. Der dritte Sohn hatte ein MG auf dem Rücken und Patronengurte um den Hals gehabt und war mit Schwung auf eine Mine getreten, die ihm beide Beine wegriss.

Auch Gerhard hatte versucht, seinen einzigen Sohn zurückzuhalten, indem er ihm gesagt hatte, dass er nach dem Reichserbhofgesetz von 1933 als einziger Hofnachfolger möglicherweise vom Militärdienst zurückgestellt werden könnte. Im gleichen Atemzug hatte er sich für diesen Hinweis geschämt. Doch sein Sohn hatte sich sowieso entschieden, er konnte nichts mehr tun. Jetzt galt es nach vorne zu schauen.

7

Am Wochenende vor der Meldung bei seinem Ausbildungstruppenteil war Wolf noch einmal morgens mit dem Zug in das nur 18 km entfernten Görlitz gefahren. Seinen Eltern hatte er gesagt, er wolle dort seinem Lieblingslehrer einen letzten Besuch abstatten und abends dann auf das Abschiedstreffen seiner Abiturklasse gehen. Übernachten werde er bei Tante Elisabeth. Gerhard und Anna-Luise vermuteten jedoch, dass die ihnen genannten Gründe nicht die einzigen für die Fahrt waren.

Und so war es. Am späten Vormittag besuchte er zunächst seinen ihm immer sehr freundlich gesonnenen Deutschlehrer. Da seine Sprachbegabung sich in Grenzen hielt, war er zwar nie über ein „befriedigend" im Fach Deutsch hinausgekommen, doch Sympathien richten sich bekanntlich nicht immer nach den erreichten Schulnoten. Zum Abschied erinnerte der Lehrer ihn noch einmal an seinen Lieblingsphilosophen, den Philosophen der Aufklärung Emmanuel Kant, der im Unterricht des Öfteren behandelt worden war und der da gesagt hatte, dass man im Leben den Mut haben solle, sich seines eigenen Verstandes zu bedienen. In dem Zusammenhang solle er sich stets vor den Hundertfünfzigprozentigen in Acht nehmen. Von denen sei meist nichts Gutes zu erwarten. „Ich werde es versuchen", antwortete sein Schüler.

Zum Mittagessen war Wolf bei seiner in Görlitz lebenden Tante Elisabeth, der älteren Schwester seines Vaters. In deren geräumiger Wohnung hatte er unter der Woche - nach der nur bis zur 10. Klasse führenden Herrnhuter Internatsschule in Niesky - während der letzten zwei Jahre bis zu dem im Zweiten Weltkrieg eingeführten Notabitur am Görlitzer Augustus-Gymnasium im Gästezimmer wohnen dürfen.

Am Nachmittag ging er jedoch in die Schillerstraße 12. Dort wohnte Sarah Weiss mit ihren Eltern und ihren zwei Geschwistern. Sie war ein Jahr jünger als er und in der Unterprima des seiner Schule benachbarten Mädchen-gymnasiums, an dem Tante Elisabeth als Deutsch- und Geschichtslehrerin tätig war. Mit Sarah hatte er sich im letzten Schuljahr angefreundet.

Ihr Vater war Sozialist und Halbjude oder wie es im nationalsozialistischen Sprachgebrauch hieß: jüdischer Mischling ersten Grades. Nur seiner wichtigen Stellung als Ingenieur bei den Elektrizitätswerken von Görlitz und der Position seines Schwiegervaters im Stadtrat war es zu verdanken, dass er bislang keinen nennenswerten politischen Repressalien ausgesetzt gewesen war. Sarah hatte Wolf von den Auswanderungsplänen ihrer Familie erzählt. In einem Land, in dem - wie ihr Vater sagte - solch monströse Verbrechen wie die Judenverfolgung möglich waren, wolle er nicht bleiben. In Argentinien würde man sich nach dem Krieg ein neues Leben aufbauen können.

Eigentlich wussten beide, dass sie nicht füreinander bestimmt waren. Dafür waren sie selbst, ihre Familien und ihre Einstellungen zu unterschiedlich. Doch sie waren jung und neugierig und wollten sich auch andere Lebenswelten erschließen. Außerdem mochte er ihre großen schwarzen Augen, die so lustig und so traurig schauen konnten, aber ihn oft zu necken schienen. Und sie liebte seine offene, freundliche Art und seinen manchmal so nachdenklichen Gesichtsausdruck. Sie ahnten, es würde das letzte Mal sein, dass sie einander begegneten.

Im Stadtpark saßen sie lange nebeneinander auf einer Bank, hielten sich gegenseitig an den Händen, sprachen miteinander, schwiegen miteinander. Als sie ihm einen zaghaften Kuss gab, nahm er sie in den Arm und streichelte ihren zitternden Körper. Er spürte, wie ihre Tränen seinen Hals hinunterliefen.

Nach einigen Minuten sagte sie leise: „Meine Eltern sind den ganzen Tag und die Nacht bei Verwandten in Hirschberg."

Er verstand sie nicht.

„Auch meine Geschwister sind über das Wochenende in einem Jugendlager."

Er verstand sie immer noch nicht.

„Der Allerschnellste war er noch nie", dachte sie. Sie konnte ihm ja schlecht sagen, dass sie ihm ihre ganze Liebe mit auf den Weg geben wollte. Da stand sie auf und zog ihn hinter sich her.

8

Abends ging Wolf dann zu dem Treffen mit seinen ehemaligen Klassenkameraden. Man hatte den kleinen Saal im 1. Stock des Gasthauses Schwibbogen für diesen Anlass angemietet. Dort wollten sie gemeinsam essen, trinken und voneinander Abschied nehmen. Das Essen würde zwar kriegsbedingt eher spartanisch ausfallen, aber man hatte zwei Fässer Bier geordert und ein Klavier gab es in dem Raum auch, denn singen wollte man auf jeden Fall. Alle waren gekommen, die Freiwilligen, die unfreiwillig Eingezogenen und die zwei wegen körperlicher Gebrechen vom Militärdienst befreiten Klassenkameraden.

Zu Beginn des Zusammenseins gab man sich jovial, schüttelte einander kräftig die Hände und klopfte sich gegenseitig auf die Schulter. Unter der etwas gequält nach außen hin gezeigten Fröhlichkeit konnte ein genauer Beobachter auf den Gesichtern der jungen Männer aber auch Ernst, ja bei einigen sogar eine gewisse Traurigkeit entdecken. Doch man war nicht gewillt, derartige Gefühlsregungen an diesem letzten Abend die Oberhand gewinnen zu lassen. Also pflaumten sie sich gegenseitig an und trugen mehr oder weniger heitere Entschlossenheit zur Schau.

Die beiden nach oben geschickten drallen Bedienungen servierten ihnen ein einfaches, aber von der Köchin mit Liebe zubereitetes „Schlesisches Himmelreich" und der Wirt kam persönlich zu ihnen in den Saal, um ihnen zur Einstimmung „Echt Stonsdorfer Bitter" aus dem Riesengebirge einzuschenken. Herr Lorenz hatte ein ums andere Mal schon die Väter der jungen Männer bewirtet und wusste, was sich bei einem solchen Anlass gehörte.

Zunächst kreisten die Gespräche der Klassenkameraden um die gemeinsam verbrachte Gymnasialzeit, insbesondere um die ach so ulkigen Streiche, die man den „armen Lehrern" zugemutet hatte, dann um die Mädchen des ihrer Schule benachbarten Lyzeums und schließlich um die momentane militärische Lage an den verschieden Fronten. Hier konnte man nicht umhin, die langsame Einkreisung des Deutschen Reiches von allen Seiten widerwillig zur Kenntnis zu nehmen. Man lamentierte über die immer häufiger vorkommende Zerstörung deutscher Städte durch verheerende, Bombardierungen, bei denen die abertausend Ziviltoten nicht etwa beklagenswerte Kollateralschäden, sondern nunmehr Ziel der Angriffe waren, sprach von Terror und schwor mit lauter Stimme und in die Luft gereckter Faust Vergeltung. Von den Untaten der Deutschen an und vor allem hinter der Front wusste man nichts oder wenig. Die einseitige Kriegsberichterstattung und die damit einhergehende Propaganda leisteten hüben wie drüben ganze Arbeit und gaben nur solche „Informationen" an die breite Öffentlichkeit weiter, die den Intentionen der jeweiligen Regierung nicht im Wege standen. Der Krieg hat bekanntlich seine eigenen Gesetze, nur allzu oft losgelöst von den in Friedenszeiten gemachten Aussagen von Politikern, die an die Humanität der Menschen appellieren.

Besonders die „Freiwilligen" waren allerdings der Überzeugung, dass man durch entschlossenen Widerstand und den Einsatz neu entwickelter, modernster Waffen noch eine Wende in diesem Krieg erzwingen könnte. Dabei drohte das Gespräch einmal fast in Streit auszuarten, als nämlich einer der beiden vom Militär Zurückgestellten anmerkte, dass auch die Gegenseite nicht schliefe und eifrig an neuen Waffensystemen forschen würde, woraufhin Hans-Jürgen, der Sohn des Schuldirektors, der schon drei Halbliter-Gläser Bier getrunken hatte, den für das Militär Untauglichen bissig fragte: „Zweifelst du etwa an der Überlegenheit der deutschen Waffenindustrie?" Die Antwort war ein kurzes und spontanes. „Ja!", was nicht unbedingt zur Beruhigung des Fragers beitrug. Es folgte eine zweite, noch bissiger gestellte Frage, die allerdings mit der zuerst gestellten nur wenig zu tun hatte, aber aus der allgemeinen Erregung des jungen Mannes herrührte. „Bist du sicher, dass bei deiner Zurückstellung alles mit rechten Dingen zugegangen ist? Man hat ja gerüchteweise gehört, dass bestimmte Leute, z.b. Parteigrößen, für Familienangehörige Sonderbehandlungen erreicht haben."

Dies wiederum rief auch bislang nur Zuhörende auf den Plan, da sie die Fragestellung zumindest bei diesem Abschiedstreffen für unangebracht hielten. „Zweifelst du etwa an der Kompetenz und Unbestechlichkeit der Militärärzte, welche die entsprechenden Untersuchungen durchführen!?", wollte Wolf wissen. Wilhelm ergänzte, dass der beste Freund seines Vaters Oberstabsarzt in der Görlitzer Garnison sei und Tauglichkeitsüberprüfungen überwache. Seinem Vater sowie ihm selbst sei niemals zu Ohren gekommen, dass hier unredlich gearbeitet werde. Und der ansonsten äußerst wortkarge Herrmann fügte noch hinzu, der Ausgemusterte habe ja oft genug wegen seines Rückenleidens im Sportunterricht gefehlt und sein Vater sei auch keine bekannte Parteigröße. Außerdem würden auch in der Heimat tüchtige Leute gebraucht.

Als auch die anderen meinten, das Thema sei keine weitere Erörterung wert, stand der schöne Theo auf, begab sich an das Klavier und intonierte „Die schwarze Barbara". Obwohl keineswegs alle von ihnen schon eine schwarze Barbara in ihren Armen gehalten hatten, sangen sie das Lied so lautstark, dass man es durch die geöffneten Fenster die ganze Straße hinunter hören konnte. Es folgte das Lied „Unrasiert und fern der Heimat", wobei einige etwas verschämt den Flaum auf ihrem Kinn betasteten. Weitere schon in der Hitlerjugend zwar nicht unbedingt altersgemäße, aber immer wieder eingeübte Soldatenlieder waren „Das Leben ist ein Würfelspiel", „Annemarie, wo geht die Reise hin?" und „Kam´rad, reich mir die Hände". Bei letzterem Lied reichten sich alle die Hände und der kleine Ludwig fing an zu weinen. Die anderen taten so, als würden sie es nicht sehen. Doch bei dem Lied „Ach Bruder, ich bin geschossen" fing er noch mehr an zu weinen. Er fragte, ob sie nicht auch ganz normale deutsche Volkslieder singen könnten. Da legte Herrmann seinen rechten Arm um seine Schulter, zog ihn etwas zu sich herüber und sagte fast zärtlich: „Jetzt ist nicht der richtige Abend dafür, Ludwig. Aber später, nach dem Krieg, da singen wir beide gemeinsam ganz normale deutsche Volkslieder."

Es sei hier angemerkt, dass Ludwig den Krieg in einer Fernmeldeeinheit mannhaft überlebte. Er hatte glücklicherweise nur eine leichte Verwundung, einen Streifschuss an seiner linken Gesäßhälfte, davongetragen, als er sich gerade anschickte, in einen Holunderbusch zu pinkeln. Dabei war ihm großes Glück hold gewesen, denn der gegnerische Scharfschütze, der ihn schon seit drei Minuten durch sein Zielfernrohr beobachtet hatte, war ein sehr emotionaler Mensch mit einer tiefen russischen Seele. Er hatte am Vorabend wieder einmal an seine Heimat, die ferne Halbinsel Krim, an seine dort lebenden alten Eltern und vor allem an die Kosakin Tatjana gedacht, die sich ihm versprochen hatte. Sie hatte Augen so geheimnisvoll wie das Krimgebirge nach Sonnenuntergang und Hände so zärtlich wie die sanft auf den Strand auflaufenden Wellen des Schwarzen Meeres an einem schönen Sommertag. Er wollte zehn Kinder mit ihr haben. In solch schwerblütige Gedanken versunken hatte er fast eine ganze Flasche Wodka alleine ausgetrunken. Dies führte am nächsten Morgen verständlicherweise zu einer Beeinträchtigung seiner Zielgenauigkeit und möglicherweise auch seiner tödlichen Entschlossenheit, so dass der Schuss nicht durch Ludwigs Herz ging, sondern eben nur einen weniger lebenswichtigen Körperteil streifte.

Ludwig kehrte nach der Kriegsgefangenschaft in „seine" Stadt Görlitz zurück, wo er später als allseits beliebter und integerer „Staatsangestellter" in der Kulturabteilung des „Rates der Stadt" arbeitete. Er heiratete, bekam zwei zarte, überaus hübsche Töchter und trat alsbald, zusammen mit seiner Frau, einem in der ganzen Region bekannten Chor bei, in dem er bis an sein Lebensende mit Inbrunst deutsche Volkslieder sang.

Er hätte so gerne mit seinem großen, starken Freund Herrmann diese Lieder gesungen, doch Herrmann war - wie seine Familie erst Jahre später erfuhr - in einem Massengrab deutscher Soldaten nahe der niederschlesischen Stadt Lauban bestattet worden. Und Tote singen bekanntlich keine deutschen Volkslieder! Oder doch? Ganz leise??

Etwas später wurde das kameradschaftliche Miteinander für einen Moment unterbrochen, als unten auf der Straße am Altstadttor ein junger Mann in SA-Uniform vorbeiging und, angeregt durch die Soldatenlieder und vermutlich Beifall erwartend, zu dem geöffneten Fenster hochbrüllte: "Juda verrecke!" Wolf stand gerade am Fenster, um etwas frische Luft zu schnappen. Dabei dachte er noch einmal an den Nachmittag mit Sarah. In seinen Gedankengängen jäh unterbrochen lehnte er sich weit aus dem Fenster hinaus und brüllte ebenso laut: „Zieh Leine, du Hohlkopf! Das sind Menschen wie du und ich!" „Jawohl, keine weiteren Einladungen bitte! Der Saal ist schon voll", rief Wilhelm von hinten.

Zwanzig Minuten später standen plötzlich zwei junge Schutzmänner in der Tür. Der eine fischte umständlich ein Notizbuch und einen Kugelschreiber aus der Brusttasche. Der andere sagte mit quäkender Stimme: „Uns wurde angezeigt, dass bei dieser Versammlung Juden und andere Volksverräter in Schutz genommen wurden. Wir sind hier, um die Personalien der betreffenden Personen aufzunehmen." Man merkte seiner Stimme an, dass er sich bei der Aktion unwohl fühlte.

Einige Blicke der Anwesenden wanderten verstohlen zu Wolf hin. Der saß da, als hätte ihn der Blitz getroffen. Zuerst überwog allgemeine Konsternation, doch dann wurden sie wütend. Keiner wollte sich das letzte Zusammentreffen vor der Meldung bei ihren Truppenteilen auf diese Art verderben lassen.

Paul sah Herrmann auffordernd an und nickte. Der verstand den Wink und stand abrupt auf, so dass sein Stuhl polternd nach hinten umkippte. Er trat drei lange Schritte auf die Polizisten zu und baute sich mit seinen 1,92 m breitschultrig vor ihnen auf. Dann dröhnte er sie an: „Was fällt euch ein, unsere Versammlung zu stören. Wir sind hier, um uns vor unserem Weg an die Front noch ein letztes Mal zu sehen. Mit Volksverrätern hat das Ganze hier rein gar nichts zu tun. Meldet das gefälligst euren Vorgesetzten!"

„Unerhört""
„Frechheit!"
„Verschwindet!"
So kam es von allen Seiten. In dem Maße, wie sich ihre Entrüstung steigerte, nahm auch die Verzagtheit der ungebetenen Gäste zu.

Aus der linken Ecke des Saales hörte man nun die laute Stimme von Paul: „Mein Vater sitzt an entscheidender Stelle im Reichsverteidigungsbezirk VIII. Der kann mit Sicherheit dafür sorgen, dass ihr eure ruhige Kugel hier im Hinterland an den Nagel hängen könnt und demnächst im Osten dem Russen die Stirn bieten müsst." Das stimmte nur sehr bedingt, denn sein Vater war lediglich Hausmeister bei dieser Militärbehörde, aber dennoch verfehlte die Behauptung ihre Wirkung nicht. Der Gesetzeshüter mit dem Notizblock ließ seine Schreibutensilien wieder in seiner Brusttasche verschwinden und beide traten kleinlaut den Rückzug an.

Danach sangen sie „Haut´se, haut´se, haut´se immer auffe Schnauze..." Der Wirt, der, unten an der Innentreppe im Gasthaus stehend, alles mitbekommen hatte, kam breit grinsend nach oben und schenkte ihnen noch einen „Echt Stonsdorfer Bitter" ein. "Der geht auf´s Haus", verkündete er. Auch Wolf wollte sich nicht lumpen lassen und rief in den Saal hinein: „Ich setze noch einen zweiten Stonsdorfer oben drauf und sage DANKE." Paul brüllte zurück: „Das DANKE kannst du dir sonst wohin stecken! Aber den Kräuterlikör nehmen wir." Alle lachten und klopften Beifall spendend mit den Fingerknöcheln auf den Tisch.

Irgendwann begann Theo jedoch die Noten doppelt zu sehen, denn zwischen den Liedern ging er immer zu den beiden Bierfässern, um nachzuschauen, ob auch für ihn noch etwas drin war. Als die Sänger schließlich feststellen mussten, dass Theo mehr schlecht als recht das eine Lied spielte und sie ein ganz anderes Lied sangen, holten sie ihn wieder an den Tisch zurück und setzten zunächst ihre zuvor begonnene, jetzt aber von reichlich Alkoholgenuss beflügelte Konversation fort. Nur dieses Mal deutlich lauter und unpräziser.

So sagte beispielsweise der zu dieser fortgeschrittenen Stunde wieder versöhnlicher gestimmte Sohn des Schuldirektors zu dem Ausgemusterten, indem er sich über den Tisch beugte: „Jetzt hören Sie mal genauuu zu! Oder darf ich dir du nennen, Otto?" Sein Gesichtsausdruck zeugte von der Wichtigkeit des nun Kommenden.

„Aber natürlich, wenn du mich dasselbe Vorrecht einräumst", entgegnete der Angesprochene und blinzelte den anderen durch sein halbleeres Bierglas an.

„Also, wo waren wir sitzen… äh… stehengeblieben?"

„Beim du!"

„Ach so, ja! Was ich sie, nein du, noch unbedingt sagen möchte, ist Folgendes…" Er machte eine bedeutungs-schwangere Pause und erhob seinen Zeigefinger. „Der Herrmann kriegt zwar nur selten sein Maul auf, aber dann hat er Unrecht, äh, nicht ganz Unrecht."

"Sag ich ja!"

„Du hast dir ja noch gar nix gesagt. Deswegen tu´s ich ja jetzt."

„Ich höre!"

„Er hat jesaacht, dass wir ooch an der Heimatfront, also hier, Kerle wie dir brauchen, die sich um den ganzen Laden kümmern und auf die deutschen Frauen aufpassen."

„Da bin ich mit dabei, Hansi. Ich passe ganz bestimmt auf den Laden auf und kümmere mich um die Frauen."
Er schlug mit der Faust auf den Tisch und trank sein immer noch halbvolles Bierglas in einem Zug aus.
„So gefällst du mich ungemein!"
Der Ausgemusterte lehnte sich auf seinem Stuhl zurück.
„Nicht doch! Nicht doch!" „Doch, doch, du kannst saufen wie ein Pferd und magst die Frauen. Du gefällst mich, Otto!"
„Sie, äh, du mich auch, Hans Jürgen!"
Sie gingen feixend zu den Bierfässern und füllten sich ihre Gläser erneut randvoll.
Auf dem Rückweg zu ihren Plätzen fragte der Sohn des Schuldirektors:„Auf Deutschland?"
„Auf Deutschland!", antwortete der andere. Noch im Gehen stießen sie die Gläser aneinander, so dass sie überschwappten.

Nach Mitternacht sang man wieder Lieder, dieses Mal allerdings ohne Klavierbegleitung. Dafür stand Theo aber an der Kopfseite des langen Tisches und zeigte, dass er - wild mit den Armen gestikulierend - ebenfalls als Dirigent Großes zu leisten imstande war. Bei dem auch von Polen gerne und häufig gesungenen Lied „In einem Polenstädtchen da wohnte einst ein Mädchen…" brachte man sogar einen äußerst polyphonen Kanon zustande. Plötzlich tauchte vor aller Augen nicht nur eine Maruschka, sondern derer viele auf. Sie bewiesen damit einmal mehr, dass der Mensch, insbesondere der deutsche Mensch, durchaus nicht nur national, sondern auch international zu empfinden in der Lage ist, vor allem dann, wenn er mit der Unterstützung von zwei großen Fässern Bier seinen aufgepfropften Chauvinismus vergessen und die Vernunft und seinen Verstand wiederentdeckt hat.

Am Ende schüttelten sich alle wieder die Hand. Dieses Mal klopften sie sich aber dabei nicht nur herzhaft auf die Schulter. Viele umarmten sich sogar und der ansonsten ewig spöttelnde Paul sagte zu Theo, er wünsche ihm alles Glück der Welt. Er sei eigentlich ein Pfundskerl und schwer in Ordnung. Er möge ihm doch bitte nicht seine in der Vergangenheit immer mal wieder gemachten, saublöden Frotzeleien bezüglich seiner nicht nur auf Mädchen bezogenen Vorlieben nachtragen. Theo erwiderte: „Vergeben und vergessen! Und übrigens, alter Junge, ein bisschen bi schadet nie. Aber Maruschka ist auch für mich die Allerliebste. Leb wohl, Paul!" Dann gingen sie ihrer Wege. Die meisten von ihnen mussten sich schon in den allernächsten Tagen bei ihren Einheiten melden.

Zehn von ihnen ahnten nicht, dass ihr junges Leben schon sehr bald ein Ende haben würde. Theo fiel später auf den Seelower Höhen, als er seine Panzerfaust nach einem knapp danebengegangenen ersten Schuss mit panisch zitternden Händen neu laden wollte, um einen die Landstraße hochkommenden russischen Panzer zu bekämpfen. Der Kommandant des Panzers entdeckte ihn jedoch und ließ den Richtschützen umgehend das Feuer auf seine Stellung eröffnen.

Paul wurde erschossen, als er und zwei Kameraden, halbblind mit triefenden Augen und erhobenen Händen, aus dem Keller eines ausgebombten Hauses in Berlin-Friedrichshain, in dem sie sich verschanzt hatten, heraus stolperten, Gegnerische Soldaten hatten zuvor Blend- und Brandgranaten durch das Kellerfenster geworfen. Gefangene wurden in diesen letzten Tagen des Krieges im Häuserkampf der noch immer fanatisch verteidigten Reichshauptstadt auf beiden Seiten immer weniger gemacht...

Der Abschied von Wolf auf dem Bahnhof der Kleinstadt Seidenberg drei Tage nach dem letzten Treffen seiner Klasse im Gasthaus Schwibbogen in Görlitz fiel allen Beteiligten sehr schwer. Die Mutter und Freya weinten ununterbrochen, Gerhard sah übernächtigt aus, sein Gesicht war blass und ernst. Er erinnerte sich daran, was sein eigener Vater, der alte Amtsgerichtsrat, lange vor der Entstehung des Horst-Wessel-Liedes „Die Fahne hoch", ihm mit auf den Weg gegeben hatte, als er im Ersten Weltkrieg nach Frankreich an die Front ging. Zum Abschied legte er deshalb Wolf die Hand auf die Schulter und sagte ebenfalls: „Halte die Fahne hoch, mein Junge!" Mehr zu sagen, war er ohnehin nicht imstande. „Mach ich, Papa", antwortete dieser und stieg in den Zug ein. Aus dem Fenster seines Abteils schauend rief er noch: „Es tut mir leid, Mama!". Doch das ging im Lärm, den die anfahrende Lokomotive verursachte, unter.

9

Rotraut tat als Krankenschwester in einem in einer Schule untergebrachten Militärlazarett Dienst, wo sie mithalf, leichtere, mittelschwere, aber auch sehr schwere Verwundungen zu versorgen. Beine oder Arme mussten amputiert, Brustkörbe und Bauchhöhlen wieder zusammengeflickt und entsetzliche Kopfwunden verbunden werden, ohne dass sie wusste, ob der Verwundete den nächsten Morgen erleben würde. Sie arbeitete rund um die Uhr, manchmal 17-18 Stunden am Tag und in der Nacht.

Nur knapp über 20 Jahre alt und eigentlich ein eher gefühlvoller Mensch, verhärtete sie äußerlich und innerlich, wurde fast zynisch. Doch nachts plagten sie grauenhafte Albträume. Sie hörte die Schreie der Soldaten und sah das Blut, das viele Blut, das von ihren Händen tropfte. Wenn sie dann schweißgebadet aufwachte, hatte sie eine unbändige Wut. Sie nahm sich vor, in ihrem späteren Leben all den Kriegstreibern und Betonköpfen ihre Verachtung entgegen zu schleudern. Sie wollte ihnen faule Eier und Tomaten an den Kopf werfen und mit anderen Gleichgesinnten ihre wohlfeilen Reden niederschreien.

Am nächsten Tag dachte sie dann jedoch wieder an ihren Vater, der in so manchen Gesprächen mit seinen Kindern die Meinung vertreten hatte, dass Krieg scheußlich wäre und möglichst vermieden werden solle. Deshalb sei es notwendig, jederzeit darauf zu achten, dass ein militärisches Gleichgewicht gewahrt bliebe. Jede Seite müsse vor der anderen gehörigen Respekt haben.

„Einseitige Abrüstung war schon immer ein frommer Wunsch von Gutmenschen, doch „Frömmigkeit" hilft hier nicht weiter", hatte er betont. „Sie beinhaltet die Gefahr, dass das militärische Potential des Stärkeren in der Politik eine zu große Dominanz erhält. Der Faktor Mensch, seine Aggressionen und sein Machtwille, darf deshalb bei diesbezüglichen Überlegungen nie außer Acht gelassen werden. Zuviel Idealismus kann sich schnell als großer Fehler herausstellen. Wenn man aber erst einmal in einem Krieg gefangen ist, muss man den Kampf annehmen und versuchen, ihn zu gewinnen, will man Schmach und Vergeltung von dem eigenen Volk abwenden."

Der junge Stabsarzt, mit dem sie meistens zusammenarbeitete, war der gleichen Meinung. Er war freundlich, schien Nerven wie Drahtseile zu haben und bot ihr emotionalen Halt. Gelegentlich nahm er sie nach schrecklichen Operationen sogar kurz in den Arm. Also band sie sich jeden Morgen wieder ihre blutbefleckte Schürze um, zog die Gummihandschuhe über ihre Hände und machte sich an die Arbeit. Es fehlte an allem: medizinischem Gerät, Arznei, Betäubungsmittel und sogar an Verbandszeug.

Eines Nachts um 1.30 Uhr, nach zwei sich lang hinziehenden, anstrengenden Eingriffen, bei denen einer der beiden Soldaten noch während des Rettungs-versuches gestorben war, suchte sie zunächst ihr Zimmer auf, welches sie mit zwei anderen Krankenschwestern teilte. Sie musste für eine halbe Stunde abschalten und wieder zu sich kommen. Die Augen des sterbenden Soldaten wollten ihr nicht aus dem Kopf gehen.

Danach musste sie noch einmal schnell in den provisorischen Operationssaal gehen, um für den nächsten Morgen alles vorzubereiten. Sie eilte durch den langen, kalten Flur. Es roch nach Schweiß, Blut und Urin. Links und rechts an den Wänden lagen Verwundete auf Pritschen oder, in Ermangelung geeigneter Schlafstätten, nur auf dem Boden. Einige schienen zu schlafen, andere stöhnten, Ein Soldat betete halblaut vor sich hin.

Als sie die Tür öffnete, sah sie den Arzt zusammen-gesunken in einer Ecke auf einem Stuhl sitzen. Er hatte sein Gesicht in beide Hände vergraben. Sofort stand er auf, ging zum Fenster und schaute in die Nacht hinaus.

Sie näherte sich ihm vorsichtig von der Seite und bemerkte, dass er blass und völlig erschöpft aussah. Mit seinen Armen machte er eine Geste verzweifelter Hilflosigkeit, in seinen Augen standen Tränen. Da drehte sie ihn sanft herum, zog seinen Kopf zu sich herunter, streichelte sein Gesicht und liebkoste ihn. Sein ganzer Körper begann zu zittern. Sie standen da wie zwei in einem dunklen Wald verirrte Kinder. Zusammen ließ sich ihr derzeitiges Leben vielleicht besser ertragen…

10

Nach einer militärischen Kurzausbildung wurde Wolf zur 3. Kompanie des IV. Bataillons eines schlesischen Infanterieregiments beordert. Das Regiment hatte schon an den Kämpfen vor Moskau teilgenommen. Später wurde es entlang der Weichsel eingesetzt und in die Abwehrschlacht um Breslau hineingezogen. Am Schluss kam es südlich von Berlin zum Einsatz und erlitt schwere Verluste.

Chef der 3. Kompanie war Oberleutnant Pätzold. Im Zivilleben war dieser Lehrer an einer Schule in Breslau gewesen. Er war von durchschnittlicher Größe und hatte - obwohl erst knapp über 30 - bereits schütteres Haar. Wäre man ihm zufällig auf der Straße begegnet, hätte man ihn vermutlich nach kürzester Zeit wieder vergessen. Er war einer jener Männer, welche von Kellnern in Restaurants hin und wieder übersehen werden. Wenn man jedoch genauer hinsah, bemerkte man in seinen Augen einen hellwachen Verstand und Zielstrebigkeit. Er galt allgemein als guter Offizier und wurde von seinen Soldaten geachtet.

Nur wenige, wie etwa sein Spieß, Hauptfeldwebel Wittig, oder der Leutnant Kunert, Zugführer des II. Zuges, kannten auch seine andere Seite. Bei abendlichen Gesprächen und einer Flasche Korn sprachen sie manchmal über das Leben und den nun allgegenwärtigen Tod. Die Stimme des Kompaniechefs klang in solchen Momenten ungewohnt weich und seine Augen bekamen einen melancholischen, manchmal zerquälten Ausdruck. Seine Gesprächspartner konnten zwar nicht immer all seine Gedankengänge nachvollziehen, sie fühlten sich aber unweigerlich zu ihm hingezogen.

„Die „Mutter der Kompanie" war etwa 1,85 m groß, hatte einen wuchtigen Kopf und einen markanten Gesichtsausdruck, der je nach Bedarf von wohlwollend-gutmütig über streng bis hin zu impulsiv-wütend wechseln konnte. Mit letzterem hatte er erst kürzlich einem jungen Schützen eine werthaltige Ohrfeige verabreicht, weil dieser nach reichlichem Alkoholgenuss und versauten Landserwitzen laut lachend mit seinem entsicherten Gewehr auf seine Kameraden gezielt hatte. Dem augenblicklich ausgenüchterten Mann hatte er anschließend erklärt, dass ein solches Verhalten in seiner Kompanie völlig unüblich sei. Auch nach Entfernung des Magazins könnte sich noch ein Schuss im Gewehrlauf befinden und unter Umständen erheblichen Personen-schaden verursachen. Mit dem Erschießen der eigenen Leute sei ein Krieg kaum zu gewinnen.

Der um einen halben Kopf kleinere Leutnant hingegen war ein feingliedriger, eher sensibler Mensch von zurückhaltender Wesensart. Er hatte schon mehr als einmal abrupt nach unten auf seine Hände schauen müssen, um vor den anderen seine hochkommenden Emotionen zu verbergen. In Gedanken war er dann bei seiner kleinen, zehn Jahre jüngeren Schwester, die bei jedem Heimaturlaub wie ein Klette an ihm hing und die, wie er sich erinnerte, immer noch als letzte auf dem Bahnsteig mit einem weißen Taschentuch ihm hinterher gewunken hatte. Sie war zu Beginn des vorletzten Kriegsjahres bei einem alliierten Bombenangriff getötet worden.

Pätzold sprach zu ihnen von Zeichen, die zwar viele in der Ferne sähen, denen zu folgen, sie jedoch in ihrer Selbstsucht nicht die innere Kraft aufbrächten, und von dem eigenen Verstand, den die Mehrheit der Menschen oft einem feigen Opportunismus opfern würde. Da er sich in der Gegenwart von Wittig und Kunert sicher fühlte, gestand er ihnen, dass Nationalismus - im Unterschied zu einem gesunden Nationalgefühl - für ihn menschlicher Egoismus sei, nur in diesem Fall auf einer höheren, staatlichen Ebene. Unglücklicherweise würden die Menschen nur allzu oft plumpen nationalistischen Parolen, wenn geschickt vorgetragen, wie die Lemminge folgen. Und er sprach merkwürdig vage vom Verrat am eigenen Volk, der noch generationenlang auf den Schultern vieler Deutscher lasten werde.

Bei der letzten Äußerung dachte er an das, was sein Bataillonskommandeur, Oberstleutnant Hielscher, ihm vor Kurzem unter dem Siegel der Verschwiegenheit anvertraut hatte. Der wiederum hatte es unter dem Siegel der Verschwiegenheit von seinem Regimentskommandeur v. Seyditz erfahren, der es ebenfalls unter dem Siegel der Verschwiegenheit in einem Vier-Augen-Gespräch von seinem Divisionskommandeur Friebe gehört hatte: dass nämlich seit der Wannsee-Konferenz in Berlin im Jahre 1942 ein planmäßiger Genozid an den Juden in ganz Europa durchgeführt würde.

Pätzold selber besaß ein ambivalentes Verhältnis zu Juden. Einerseits achtete er die Intelligenz und die erstaunlichen Leistungen vieler Juden in fast allen gesellschaftlichen Bereichen und bewunderte sie aufgrund ihres 2000 Jahre lang bewahrten Traditionsbewusstseins, andererseits hielt er diese über die ganze Welt verstreuten Menschen jedoch in Krisen und kriegerischen Auseinandersetzungen für national unzuverlässig und glaubte, nicht wenige von ihnen seien allzu schnell in Gefahr, der Faszination des Geldes anheimzufallen. Als belesener Mann meinte er allerdings auch, dass eine außergewöhnliche Geschichte eines Volkes auch außergewöhnliche Eigenschaften zur Folge haben musste, zumal andere Völker die unter ihnen lebenden Juden häufig in eine bestimmte, von ihnen selbst nicht erwünschte Rolle hineindrängten.

Er zählte sich nicht zu den im Nachhinein immer „völlig Ahnungslosen". Er wusste wie die meisten Deutschen von der Existenz der Konzentrationslager. Und schon vorher war bei einigen Gelegenheiten das eine oder andere Verstörende hinsichtlich der „Lösung der Judenfrage" angedeutet worden, aber in dieser unmissverständlichen Brutalität und Klarheit war ihm der Rassenwahn der Nationalsozialisten bisher noch nicht bewusst gewesen. Konzentrationslager, natürlich, die gab es. Aber gab es ähnliche Lager, obgleich in deutlich geringerer Anzahl, nicht ebenso in anderen Ländern, zum Beispiel in den Vereinigten Staaten: sogenannte „internment camps" und „concentration camps", in denen während der beiden Weltkriege als verdächtig eingestufte Deutsche, Italiener und Japaner interniert waren? Er hatte die KZs für bedauerliche Begleiterscheinungen einer fehlgeleiteten Politik in einer krisengeschüttelten Zeit gehalten. Nach dem Krieg würden sich die Verhältnisse jedoch bald wieder normalisieren. Die große Zahl der Vernünftigen, so hoffte er, würde schon dafür sorgen, dass die Dinge wieder ins Lot kämen.

Doch waren die KZs und die „internment camps" der Amerikaner vergleichbar? Nein, überhaupt nicht vergleichbar, wenn er den Worten von Hielscher Glauben schenkte. Eine systematische Ausrottung der europäischen Juden durch sein Land, durch Deutschland, dem angeblichen Land der Dichter und Denker, ein solcher Rückfall in eine alle Grenzen missachtende Barbarei hatte außerhalb seiner Vorstellungswelt gelegen. Die Zeichen nicht rechtzeitig erkannt zu haben, bedeutete für ihn, dass er selber und die Mehrheit der Deutschen womöglich große Schuld auf sich geladen hatten. Er sah nun das am 20. Juli 1944 verübte und misslungene Attentat auf Hitler mit anderen Augen,

Andererseits war er, wie die meisten Offiziere der Wehrmacht, auch jetzt noch der Meinung, dass „mitten im Fluss nicht die Pferde gewechselt werden dürften". Man musste weiter kämpfen, in der vagen Hoffnung, dass die kursierenden Gerüchte über die Vernichtung der Juden eine, von gegnerischen Geheimdiensten lancierte, maßlose Übertreibung darstellten. Eine andere Möglichkeit sah er unter den gegebenen Umständen nicht. Er hoffte allerdings, dass, falls die Verbrechen tatsächlich stattgefunden hatten, die für derartige monströse Taten Verantwortlichen nach diesem Krieg zur Rechenschaft gezogen werden könnten. Es stand für ihn außer Zweifel, auf welcher Seite er dann stehen würde.

11

Eines Tages wurde verkündet, dass die 3. Kompanie aus einer Gruppe vier Freiwillige für einen Spähtrupp zu stellen habe. Seine Aufgabe sei es, Truppenbewegungen des Feindes festzustellen und nach Möglichkeit die Position von Gefechtsständen und Geschützstellungen zu erkunden.

„Freiwillige vortreten!", befahl Oberleutnant Pätzold. Als sich auf seine erste Aufforderung hin keiner rührte, rief Pätzold ein zweites Mal, nur dieses Mal noch lauter: „Freiwillige vortreten!"

„Mach′s doch selber", brummte ein kleiner, korpulenter Gefreiter, von allen nur Purzel genannt, neben Wolf. Eigentlich hieß er Michael Semmelrock und hatte gar nicht in den Krieg ziehen wollen, aber angesichts der staatlich verordneten Unumgänglichkeit beabsichtigt, zur Marine zu gehen, vorzugsweise auf ein U-Boot. Er war dann aber aus unerfindlichen Gründen bei diesem schlesischen Infanterieregiment gelandet.

Petzold hatte nur das Gebrummel von Purzel gehört, die Worte aber nicht genau verstanden. Deshalb fixierte er ihn nun und fragte: „Gefreiter Semmelrock, was machen Sie, wenn Sie das Kommando „Freiwillige vortreten" hören?"

„Ich trete höflich zur Seite, damit die Freiwilligsten vortreten können."

„Waaas? Sagen Sie mal, Purzel, waren Sie vor Ihrer Einziehung zur Wehrmacht Komiker?"

„Nein, nur glücklicher, Herr Oberleutnant."

„Da ist Hopfen und Malz verloren", rief Pätzold. „Das habe ich auch schon anders erlebt. Traurig, traurig! Aber gut, dann machen wir das anders."

Er überlegte kurz, welchem Zugführer er die richtige Auswahl eines Spähtrupps am ehesten zutraute, Leutnant Ansorge, Zugführer des I. Zuges, legte zwar stets ein eifriges Verhalten an den Tag, erwies sich dabei aber manchmal als reichlich verpeilt, da er Befehle und Anordnungen nicht immer richtig verstand und demzufolge deren Weitergabe an seine Gruppenführer eher Verwirrung als Klarheit schufen. Darüber konnte auch sein ständiges Heben des rechten Armes und ein schneidiges „Heil Hitler" nicht hinwegtäuschen. Irgendwann sagte Pätzold zu ihm, hier an der Front würde im Allgemeinen ein militärischer Gruß völlig ausreichen.

Außerdem schien ihm der Mann intrigant zu sein, denn er hatte schon mehrfach versucht, die anderen Zugführer bei ihm wegen Belanglosigkeiten anzuschwärzen. In der Kompanie wurde sogar gemunkelt, er könne auch etwas mit der Festnahme eines Stabsunteroffiziers zu tun haben, der nach einem erfolglosen Gegenangriff des Bataillons mit 34 Toten in den eigenen Reihen fürchterliche Flüche und Verwünschungen ausgestoßen hatte, bei denen er Hitler einen Vollidioten genannt hatte. Kurze Zeit später waren drei Feldjäger erschienen und hatten den Stabsunteroffizier mitgenommen. Er war nie wieder zu seiner Einheit zurückgekehrt. Seitdem achtete man mehr auf seine Worte, wenn Leutnant Ansorge in der Nähe war. Pätzold mochte den ihm untergebenen Offizier nicht.

Feldwebel Steiner vom III. Zug hielt er für einen fähigen Mann. Er war jedoch nach dem Ausfall des alten Zugführers erst vor Kurzem zu der Kompanie beordert worden und kannte seine Soldaten noch nicht lange genug.

Der erst einundzwanzigjährige Fähnrich Friebe, Zugführer des IV. Zuges, war ein kluger Kopf, allerdings fehlte es ihm noch an Erfahrung und vermutlich auch an Menschenkenntnis. Folglich kam nur Leutnant Kunert in Frage. Also befahl er: „Leutnant Kunert, Sie bestimmen in Ihrem Zug eine Gruppe, die den Spähtrupp stellt! Meldung in halben Stunde! Wegtreten!"

Leutnant Kunert ging im Kopf die vier Gruppen seines II. Zuges durch. Unteroffizier Kretschmar, der unlängst aufgrund von Tapferkeit vom Regimentskommandeur persönlich belobigt worden war, und seine Soldaten erschienen ihm am geeignetsten zu sein. Somit bekam Kretschmar, Gruppenführer der 2. Gruppe, den Befehl, von seinen Leuten drei Männer zu benennen, die dann zusammen mit ihm den Spähtrupp bilden sollten. „Meldung in einer viertel Stunde! Wegtreten!"

Der Unteroffizier schaute seine mittlerweile nur noch sieben Untergebenen - einer lag im Lazarett, zwei andere in eiligst ausgehobenen Soldatengräbern hinter der Warthe - unsicher an, obgleich er seinen inneren Zwiespalt unbedingt verbergen wollte. Gegenüber einigen von ihnen hegte er durchaus freundschaftliche Gefühle. Aber das zählte hier nicht. Man wollte schließlich lebend wieder zurückkommen. Und so kam es, dass pünktlich nach einer halben Stunde neben ihm selbst der Gefreite v. Gersdorff, der Obergefreite Bednarz und der Grenadier Schulte dem Kompaniechef als Spähtrupp gemeldet wurden.

Den Gefreiten v. Gersdorff hatte Kretschmar ausgewählt, weil er an ihm seine Umsicht und Loyalität schätzte. Sein Verhalten in der Truppe war bislang vorbildlich gewesen. Außerdem würde er einem in eine Notlage geratenen Kameraden sicher helfen.

Der aus Oberschlesien stammende Obergefreite hingegen galt als ausgesprochen clever. Er war ein relativ großer, drahtiger Mann. Eigentlich hätte er es längst zum Unteroffizier bringen können, doch sein Widerspruchsgeist, der mitunter einer Befehlsverweigerung gefährlich nahe kam, hatte das stets verhindert.

Der bullige Schulte schließlich hatte bereits eine Einzelkämpferausbildung durchlaufen. Er rühmte sich, sowohl in der Wehrmacht als auch im Privatleben einen solchen Status inne zu haben, denn er war vor seiner Einberufung Türsteher vor einem Berliner Nachtclub gewesen. Allerdings war er wegen wiederholter Trunkenheit im Dienst bereits einmal degradiert worden.

Kretschmar selber hätte gerne auf den gefährlichen Einsatz verzichtet. Er war jung verheiratet und hatte vor kurzem von seiner Frau die Nachricht erhalten, dass sein - aufgrund einer nicht sehr schweren Verwundung seines linken Armes - gewährter Genesungsurlaub in Grünberg nicht folgenlos geblieben war. Sie hatten das Kinderkriegen eigentlich auf die Nachkriegszeit verschieben wollen. Aber es war nun einmal passiert.

Dem Charakter nach war er eher zurückhaltend. Er redete nicht viel, über private Dinge schon gar nicht. Deshalb hatte er noch keinem davon erzählt. Doch er liebte sein ungeborenes Kind schon jetzt und würde es ein Leben lang lieben und beschützen. Er glaubte, dass es ein Mädchen würde, genauso schön wie seine junge Frau. Er konnte sich noch gut an die erstaunten Gesichter seiner Eltern erinnern, als er Barbara das erste Mal mit nach Hause brachte. Eine solche Frau hatten sie ihm, dem einfachen Jungen aus einem Arbeitervorort von

Grünberg, gar nicht zugetraut. Ein Foto von ihr trug er immer in seiner Brusttasche. Manchmal sahen seine Kameraden, wie er abseits sitzend das Foto herausholte und es minutenlang anschaute.

Um 24.00 Uhr machte sich der Spähtrupp auf den Weg. Es war winterlich kalt und der blasse Mond schien von Zeit zu Zeit zwischen den Wolken hindurch. Jeder hatte den Karabiner 43 geladen und gesichert im Arm, ein Fernglas um den Hals sowie ein Kampfmesser an dem über den Mantel geschnallten Gürtel. Der Gruppenführer war zusätzlich mit einer Kartenmelde-tasche, einem Kompass und einer Taschenlampe ausgerüstet. Wolf bekam für äußerste Notfälle noch eine Signalpistole mit. Die Gesichter waren mit Holzkohle geschwärzt, die Helme mit einem Tarnnetz, unter dem Zweige steckten, überzogen. Spätestens um 4.30 Uhr sollten sie zu ihrer Einheit zurückgekehrt sein und Bericht erstatten.

In gebückter Haltung gingen sie mit vorgehaltener Waffe durch die Lücken der vor wenigen Tagen gezogenen Stacheldrahtverhaue in das unübersichtliche Gelände hinein. Der Spähtruppführer schaute nach vorne, Bednarz sicherte nach rechts, Schulte nach links und der am Ende des Trupps gehende Wolf nach hinten. Sie vermieden Wege und umgingen offenes Gelände sowie Anhöhen. Sie kamen nur langsam voran, denn bei dem leisesten Geräusch ging Kretschmar in die Hocke und bedeutete den anderen dasselbe zu tun. Dann lauschten sie angestrengt in die Dunkelheit hinein, bevor es weiterging.

Aufgrund der Geländebeschaffenheit waren sie zunächst ungeplant zu weit nach Norden in ein Terrain geraten, welches vor dem benachbarten III. Bataillon lag.

Im Laufe der halben Stunde erspähten sie zuerst drei T-34-Panzer, dann zwei 85 mm-Kanonen auf Lafetten und einen von den Deutschen ironisch-respektvoll als Stalinorgel bezeichneten Katjuscha Raketenwerfer. Einen weiten Bogen machend orientierten sie sich dann nach Süden.

Langsam kamen sie dann in das Gebiet, welches vor ihrem eigenen Bataillon lag. Dort sahen sie im Laufe der folgenden Stunde nacheinander acht gut getarnte IS-2 Panzer, schwere Panzer, die für ein Durchbrechen der gegnerischen Frontlinie bestens geeignet waren. Dazwischen zahlreiche Mannschaftstransportwagen. Die dazugehörigen Soldaten schienen auf etwas zu warten, denn sie saßen oder lagen in unmittelbarer Nähe ihrer Fahrzeuge auf dem Boden. Der Spähtrupp entdeckte auch zwei auf LKW-Fahrgestellen montierte Katjuscha Raketenwerfer sowie mehrere gut getarnte Kanonen. Wenn ein Angriff bevorstand, dann vermutlich mit dem Schwerpunkt im Süden. Kretschmar machte sich fortlaufend kurze Notizen und trug die genaue Lage des feindlichen Gefechtsstandes und die Standorte aller feindlichen Geschützstellungen und Panzer in die mitgeführte Karte ein.

Nach einer weiteren halben Stunde hörten sie leise Stimmen. Sie kamen aus einem einsamen Gehöft. Vor dem Wohnhaus sahen sie drei GAZ-67 Kübelwagen, zwei russische Mannschaftswagen sowie versteckt hinter einer Scheune drei Flakpanzer T-90 und einen Jagdpanzer SU-85M. Zu ihrer eigenen Überraschung hatten sie vermutlich schon unbemerkt die vorderste feindliche Frontlinie überschritten und einen etwas im rückwärtigen Gebiet liegenden Regiments- oder Bataillonsgefechtsstand erreicht, denn man sah Soldaten geschäftig hin- und hergehen. Irgendetwas schien in Vorbereitung zu sein.

Also zogen sie sich überaus vorsichtig zurück und orientierten sich wiederum nach Süden. Nach zehn Minuten tauchten wie aus dem Nichts plötzlich drei russische Soldaten etwa fünfzig Meter links von ihnen auf. Diese fühlten sich offenbar ziemlich sicher, denn sie hatten ihre Gewehre umgehängt und liefen ohne besondere Vorsicht durch einen Buchenwald in Richtung einer Schneise. Der deutsche Spähtrupp ging sofort in Deckung. Regungslos verharrten sie so, bis die Russen die andere Seite der Schneise erreicht hatten. Kretschmar vermutete in ihnen vorgeschobene Beobachter, die nun zurückkehrten, um im Gefechtsstand ihrer Einheit ihre Beobachtungsergebnisse zu melden.

Nun kauerten sie am Rande eines Wirtschaftsweges, den sie im Sprung überqueren wollten, als plötzlich auf dem Weg ein einzelner Soldat auftauchte. Er schien ein Melder zu sein, der den verschiedenen Einheiten Befehle zu übermitteln hatte. Mit schnellen Schritten ging er an ihnen vorbei. Er war schon wieder etwa zehn Meter von ihnen entfernt, als plötzlich ein Ast, auf dem Schulte gekniet hatte, brach. Sofort blieb er stehen und drehte sich um. Sein Gewehr zeigte in ihre Richtung. Im selben Moment standen alle vier Deutsche auf und zielten auf den Mann. Der ließ - mit dieser Übermacht konfrontiert - sein Gewehr fallen und hob seine Hände über den Kopf. Kretschmar winkte ihn näher zu sich heran und bedeutete ihm, ihnen seine Meldetasche zu übergeben. Wolf erkannte, dass er ein junger Mann war mit blonden Haaren und feingeschnittenen Gesichtszügen. Im Privatleben hätte er ein Musiker, Kunstmaler oder vielleicht ein Dichter sein können.

Ein paar Meter neben dem Weg knebelten sie ihn und fesselten ihn an Armen und Beinen mit ihren Halstüchern. Seine Arme hatten sie nach hinten um eine Birke herum gelegt. Auf den so außer Gefecht Gesetzten schauend brummte jedoch Schulte: „Das hält nie! Da kann er sich bald wieder befreien." Wortlos drohte Kretschmar dem Russen daraufhin mit seinem Gewehr und vollführte eine halsabschneiderische Geste. Der Mann sah ihn mit angsterfüllten Augen an und nickte heftig. Danach schlichen sie wieder an den Weg heran.

Dort hob der Spähtruppführer die Hand: „Fertig machen zum Sprung!" „Fertig!" „Fertig!", kam es in gedämpfter Tonlage zurück. Der Unteroffizier raunte: „Sprung auf, marsch, marsch!" Drei Männer huschten über den breiten Fahrweg. Einer blieb zurück.

Verwirrt blickten sie sich nach dem nicht mitgekommenen vierten Mann um. Es war Schulte. Da hörten sie auf der anderen Seite ein halblautes Stöhnen und ein Geräusch, welches von dem Aufbäumen eines Körpers auf dem Waldboden herrühren konnte. Dann hastete auch der Letzte zu ihnen herüber. Das blutverschmierte Messer hielt er noch in der Hand.

Kretschmar blickte ihn aus zusammengekniffenen, wütenden Augen an. „Du bist ein gottverdammter, Kannibale. Deine Eltern sollen dich verfluchen!", zischte er.

„Hör mal, du scheinst gar nicht zu verstehen, dass ich uns allen gerade den Arsch gerettet habe", antwortete der Grenadier. „Er oder wir! Einer oder vier!"

Wolf kam die Suppe des Abendessens wieder hoch. Er beugte sich nach vorne und würgte, aber es kam nichts.

Nach einigen Sekunden sagte Bednartz leise: „Er hat recht."

„Weiter!", befahl der Unteroffizier zerknirscht.

Alsbald erkannten sie hinter Büschen liegend mehrere 120-mm-Granatwerfer M1943: einen am Rande eines offensichtlich verlassenen Weilers, drei an einem Waldrand. Während sie noch durch ihre Ferngläser das vor ihnen liegende, fahl vom Mondlicht beschienene Gelände nach weiteren Artilleriegeschützen absuchten, hörten sie plötzlich Motorengeräusche, die immer lauter wurden. Offensichtlich führte der Russe von hinten für einen bevorstehenden Angriff Kräfte nach.

Viereinhalb Stunden waren nun fast vorbei und Bednarz raunte dem Truppführer zu: „Der Iwan greift bestimmt bald an. Ich habe wenig Lust von einem feindlichen Panzer überrollt zu werden oder im Nahkampf mit zehn Iwans den Heldentod zu sterben."

„Nun mach dir nicht ins Hemd. Das dauert noch etwas", antwortete Kretschmar leise. „Ihr hört doch, dass erst noch weitere Kräfte herangeführt werden."

„Wir sind nicht taub", flüsterte Schulte. „Aber die russische Artillerie kann sicher bald loslegen, um den Angriff der Panzer und Stoppelhopser vorzubereiten. Und was passiert dann?" Er blickte auffordernd Wolf an. „Du bist doch der Schlauste von uns."

Der Angesprochene reagierte prompt: „Dann reagiert erfahrungsgemäß unsere eigene Artillerie. Wir befinden uns ziemlich genau in deren Wirkungsbereich. Außerdem müssen wir, das heißt unser Bataillon und die Nachbarbataillone, unsere Erkenntnisse ja erst noch auswerten und danach die notwendigen Vorbereitungen für einen eventuellen feindlichen Angriff treffen. Es ist wirklich langsam an der Zeit, dass wir umkehren."

„Ist ja gut, ist ja gut. Ihr habt ja recht." Der Unteroffizier nickte. „Ich habe auch keine Lust als Kollateralschaden in die Regimentsgeschichte einzugehen. Also Männer, wir gehen zurück! Aber auf Katzenpfoten. Wie bisher."

Nach dreißig Minuten erreichte sie wieder ihre eigenen Linien. „Parole!" kam es leise aus der Dunkelheit. „Gewitterblitz!", antwortete Kretschmar. Der Zugführer der dort in Kampfständen liegenden Soldaten schickte sodann den Unteroffizier zum Kompanie-Gefechtsstand und die anderen zu ihrem Zug.

„Himmelherrgott nochmal, wo seid ihr denn abgeblieben, Kretschmar?", regte sich Pätzold auf. „Ihr solltet euch allerspätestens um 4.30 Uhr bei mir zurückmelden. Und 4.30 Uhr ist seit einer halben Stunde vorbei. Wir dachten schon, ihr seid in Sibirien verschollen."

„Es ging nicht alles glatt, Herr Oberleutnant. Zuerst sind wir zu weit nach Norden geraten, danach waren wir plötzlich mitten in den feindlichen Linien und obendrein lief uns noch ein russischer Melder über den Weg."

„Und? Was ist mit ihm geschehen?"

Der Spähtruppführer schaute betreten zu Boden. In seinen Augen war Verzweiflung und Scham zu sehen. „Wir haben ihn kampfunfähig gemacht."

Pätzold verstand augenblicklich.

Nach zehn endlos langen Sekunden fragte er schließlich: „Was haben Sie unterwegs an Erkenntnissen gewonnen?"

„Ich nehme an, dass ein Angriff nicht mehr lange auf sich warten lässt."

„Das hat vor einer halben Stunde auch Oberstleutnant Dieckhoff vom III. Bataillon unserem Kommandeur über sein Feldtelefon wissen lassen."

„Der Schwerpunkt des Angriffs dürfte allerdings nicht beim III. Bataillon liegen, sondern eher weiter südlich, bei uns und unter Umständen auch bei dem südlich von uns liegendem Regiment. Auf unserer Seite waren mehr Infanterieeinheiten, Panzer und Geschütze auszumachen als weiter nördlich. Es könnte sein, dass am Anfang ein Scheinangriff auf das III. Bataillon stattfindet, um uns zu verwirren und unsere Artillerie schon vorher zum Verballern ihrer begrenzten Munitionsvorräte zu bewegen."

Der Spähtruppführer reichte Pätzold die Kartenmeldetasche des russischen Meldegängers sowie seinen Notizblock und die Karte mit den Eintragungen, die sie gemeinsam weitere zehn Minuten besprachen. Im Anschluss eilte der Kompaniechef zu seinem Fernmelder. Er ließ sich eine Verbindung zu Oberstleutnant Hielscher geben, um ihm die Ergebnisse des Spähtrupps mitzuteilen. Insbesondere die Position der feindlichen Geschützstellung war für eine Bekämpfung von großer Wichtigkeit. Der Bataillonskommandeur wiederum setzte sich mit seinem Regimentskommandeur v. Seydlitz und dem Kommandeur des südlich von ihnen liegenden I. Bataillons des benachbarten Regiments in Verbindung. Bei den relativ kurzen Gesprächen ließ er keinen Zweifel daran, dass seiner Meinung nach ein Angriff unmittelbar bevorstünde. Zur Unterstützung seiner eigenen Einheit forderte er eine Batterie des Artillerieregimentes der Division sowie jeweils zwei Züge der Infanteriegeschützkompanie und der Panzerjägerkompanie des Regimentes an. Es war Eile geboten. Für eine Lagebesprechung mit seinen Offizieren konnte es bereits zu spät sein. Deshalb ließ er sich mit allen Kompaniechefs nur fernmündlich verbinden und erteilte ihnen letzte Instruktionen.

12

Oberstleutnant Hielscher hatte höchste Gefechtsbereitschaft angeordnet. Wolf befand sich zusammen mit Maximilian Brendel in einem Kampfstand. Der hatte aufgrund seiner oft hintergründigen, manchmal allerdings auch zynischen Aussagen den Ruf des Kompaniephilosophen erworben. Wolf hatte sich mit ihm angefreundet, da sie meistens einer Meinung waren und er über die schnoddrigen Sprüche des anderen oft grinsen musste.

In dem Kampfstand rechts von ihnen befand sich Schulte mit seiner Panzerfaust und Bednarz, einen Kampfstand weiter Unteroffizier Kretschmar mit dem Obergefreiten Donkers und am rechten Rand der Gruppe der MG-Schütze Kowalski und Purzel, der seinen Stahlhelm fast bis auf die Nasenspitze heruntergezogen hatte. Es war kalt, doch daran dachte keiner.

Pätzold ging noch einmal die Verteidigungslinie seiner Einheit ab. Dabei sparte er nicht mit aufmunternden Worten und markigen Sprüchen. Als er sich davon überzeugt hatte, dass seine Zugführer alles im Griff hatten, kehrte er in seinen Kompaniegefechtsstand zurück.

Sie warteten noch anderthalb Stunden. Dann war es so weit. Zuerst wurde - wie vorhergesehen - das III. Bataillon mit Mörsern und Katjuscha Raketen angegriffen. Einige T-34-Panzer feuerten ebenfalls aus ihrer Deckung am Waldrand auf die gegenüberliegenden

Stellungen der Deutschen. Sofort antworteten die hinter dem Bataillon stehenden Geschütze.

Etwa fünfzehn Minuten dauerte der Artilleriebeschuss der Verteidigungslinie des III. Bataillons von Oberstleutnant Dieckhoff, dann verlagerte sich das Kampfgeschehen nach Süden in Richtung des IV. Bataillons. Aber auch bei den noch weiter südlich liegenden Einheiten des benachbarten Regiments hörte man jetzt lauten Gefechtslärm. Zuerst tauchten wie aus dem Nichts mehrere Jakowlews auf, die ihre Bomben über den deutschen Stellungen abwarfen. Dann setzte wieder das Geschützfeuer ein, nur dieses Mal wesentlich stärker. Den überall zu sehenden Abschussblitzen der feindlichen Kanonen folgten das unheimliche Pfeifen der Geschosse und deren dumpfer Einschlag auf der deutschen Seite.

Obwohl, wie geplant, die größere Anzahl von 10,5 cm Haubitzen der eigenen Artillerie und der eigenen 7,5 cm Infanteriegeschütze hinter dem IV. Bataillon Stellung bezogen hatte, erwiderten diese die russische Kanonade zunächst nur vergleichsweise schwach. Man wollte die eigenen Artilleriestellungen möglichst nicht vorzeitig verraten. Hinsichtlich Anzahl und Stärke der Geschütze war der Gegner wahrscheinlich deutlich überlegen. Durch Konzentration des Beschusses zum bestmöglichen Zeitpunkt auf den richtigen Geländeabschnitt wollte man dies jedoch wettmachen. Es galt Munition zu sparen und abzuwarten, bis der eigentliche Panzer- und Infanterieangriff startete, um dann durch massives Sperrfeuer das Vorrücken des Gegners zu erschweren. Ziel war es, ein Durchbrechen der Russen auf jeden Fall zu verhindern. Für einen späteren Gegenstoß würde allerdings die Kraft fehlen. Panzer und Stukas waren mittlerweile an der deutschen Front Mangelware und wurden ohnehin an anderen Kampfabschnitten noch dringender benötigt.

Plötzlich setzte der Feind Rauchgranaten ein. Aus dem 300 Meter entfernten Wald und allen Geländemulden und Buschgruppen stürmte nun die russische Infanterie im schützenden Morgengrauen - und durch den künstlich erzeugten Nebel noch schwerer zu erkennen - hinter und neben ihren Panzern auf die etwas höher gelegenen deutschen Stellungen los. Die von den Verteidigern zur Gefechtsfeldbeleuchtung sofort in die Luft geschossene Signalmunition erhellte zwar den Himmel, konnte jedoch in Bodennähe durch den Nebel nur wenig Wirkung erzielen. „Ura! Ura! Ura!", schallte es durch die Nacht. Das Inferno nahm seinen Lauf.

Jetzt verstärkten auch die deutsche Artillerie und die Infanteriegeschützzüge ihren Beschuss auf den gegenüberliegenden Waldrand und auf das Gelände vor den eigenen Stellungen. Sie setzten alles ein, was ihnen zur Verfügung stand. Gleichzeitig hämmerten die Maschinengewehre aus den Kampfständen mehr oder weniger wahllos in die Rauchschwaden hinein und die mit Gewehren bewaffneten Soldaten gaben Feuerstöße auf die schemenhaften Linien der Angreifer ab, bis die Magazine leer waren. Dann wurde das leere Magazin gegen eines der bereitliegenden Ersatzmagazine ausgetauscht. Man hörte den gedämpften Abschussknall der Panzerfäuste sowie den helleren, sehr viel lauteren der Panzerabwehrkanonen (Pak) der Panzerjäger, die in Richtung der vor ihnen auftauchenden Schützenpanzer abgefeuert wurden.

Oberleutnant Pätzold und Hauptfeldwebel Wittig hatten bei Beginn des Infanterieangriffs hastig ihre Stahlhelme aufgesetzt und waren von ihrem

Gefechtsstand nach vorne geeilt. Nun standen sie aufrecht hinter Bäumen, ihre Pistolen in der Hand des ausgestreckten rechten Armes. Als die ersten Russen in den sich lichtenden Rauchschwaden deutlicher zu erkennen waren, zielten sie und schossen, zielten und schossen, zielten und schossen, ihr oder wir, ihr oder wir...

Der MG-Schütze Kowalski wurde an der Schulter getroffen und lief stark blutend auf der Suche nach dem Sanitätszelt nach hinten. Auf die gellenden Hilferufe von Purzel hin sprang Leutnant Kunert daraufhin aus seinem Kampfstand heraus und in den des Gefreiten hinein, warf seine MP beiseite und übernahm die Bedienung des Maschinengewehrs, während Purzel die MG-Gurte fieberhaft aufmunitionierte.

Auch die Russen schossen im Laufen auf die deutschen Stellungen und versuchten Handgranaten in die Kampfstände der Verteidiger zu werfen. Wolf und Maximilian sahen einen T-34 auf ihre Gruppe zufahren. Das Bord-MG beharkte ihre Stellungen. Erdklumpen flogen ihnen ins Gesicht. „Rotz raus", brüllte Wolf in Richtung des nächsten Kampfstandes. Dann ein metallener Knall, Metallsplitter surrten planlos durch die Luft. Die Panzerfaust von Schulte hatte den Koloss getroffen. Mit einem schaukelnden Ruck blieb er stehen. Hinter dem Panzer erschienen unvermittelt vier Infanteristen. Feuerstöße aus mehreren Gewehren der Verteidiger ließen sie umfallen wie willenlose Marionetten.

Die Kanonen der anderen sich nähernden russischen Panzer feuerten pausenlos. Als die erste Welle der Angreifer kurz vor dem Ziel ins Stocken geriet, kam dahinter eine zweite. Und wieder dieses schauerliche

„Ura! Ura! Ura!" zwischen dem Heulen der Katjuscha Raketenwerfer, dem Motorenlärm, dem Krachen der Gewehrsalven und Explosionen der Granaten. Die Soldaten liefen todesverachtend direkt in das Abwehrfeuer der Deutschen hinein, bis diejenigen, welche noch nicht getroffen am Boden lagen, ebenfalls zurückweichen mussten. Das Gemetzel, vor allem auf der Seite der angreifenden Fußsoldaten, war schrecklich.

Zwei russischen T-34 sowie zwei IS-2 Panzern und etwa fünfzehn Infanteristen gelang es, bis in die deutschen Linien vorzudringen. Eines der dröhnenden Ungetüme rollte direkt auf einen Kampfstand des I. Zuges, drei Stellungen links von Wolf, zu. Aus Angst, zerquetscht zu werden, kletterten die beiden Schützen panisch nach hinten aus ihrer Deckung heraus. Der eine sprang in großen Sätzen nach rechts, der andere rannte geradeaus. Der Panzer war jedoch schneller. Er erfasste den geradeaus laufenden Mann. Ein markerschütternder Schrei, ein zuckender Körper und danach nur noch ein unkenntliches Gemisch aus menschlichem Fleisch, Uniformteilen und aufgewühltem Dreck, welches sich schnell dunkelrot färbte.

Mit den in die Stellungen eingedrungenen Infanteristen wurde in den folgenden Minuten kurzer Prozess gemacht. Ohne begleitende Unterstützung versuchten die Panzer rückwärts wieder aus den Verteidigungsstellungen der Deutschen herauszufahren. Vergebens! Die 7,5-cm Panzerabwehrkanonen der Panzerjägerkompanie brachten sie zum Stehen. Haftminen und Handgranaten erledigten den Rest.

Nach einer dreiviertel Stunde war alles vorbei. Doch die Hölle hatte noch nicht ihre Pforten geschlossen. Als es heller wurde und die Sonne am Horizont auftauchte, wurde das ganze Ausmaß des Blutbades deutlich. Das Vorfeld des Bataillons war ein einziger Soldatenfriedhof. Hier und da bewegte sich noch ein russischer Soldat zwischen den von den Panzern größtenteils niedergewalzten Stacheldrahtverhauen. Einige schrien verzweifelt nach Hilfe. Aber auch die Verteidiger hatten erhebliche Verluste zu beklagen: Man zählte im IV. Bataillon einundachtzig Verwundete und vierundfünfzig Tote, darunter der Kompaniechef der 2. Kompanie, Hauptmann Mehwald, sowie zwei Zugführer der 1. Kompanie und der Zugführer des 1. Zuges der 3. Kompanie, Leutnant Ansorge. Nachdem 15 Minuten kein Schuss gefallen war, bekamen Wolf, Maximilian und ein weiterer Soldat den Auftrag, die Verletzten und Gefallenen ihrer 3. Kompanie zusammen mit Sanitätern zum Verbandsplatz zu bringen.

Unter den Toten befand sich auch der Unteroffizier Kretschmar. Der Körper des Unteroffiziers lag verdreht auf dem Boden seines Kampfstandes. Auf seiner rechten Stirnseite klaffte ein großes Loch, Gehirnmasse war herausgetreten. Er hatte den Mund weit aufgerissen. Das Gewehr lag quer auf der vorderen Deckung. Donkers hockte leichenblass neben ihm. Seine Hände waren voller Blut, denn offensichtlich hatte er noch verzweifelt versucht, irgendwie zu helfen.

Auf den leblosen Körper blickend sagte Maximilian: „Nach kurzer, schwerer Krankheit verstarb heute in aller Frühe unser treuer…" Weiter kam er nicht.
„Halt sofort deine verdammte Schnauze, Max! Wenigstens dieses eine Mal", schrie ihn Wolf an.
Zwei Wochen später bekam Kretschmars Witwe, zusammen mit dem posthum verliehenen Eisernen Kreuz

II. Klasse, die Mitteilung vom Tod ihres Mannes. Darin stand, dass der Unteroffizier Wilhelm Kretschmar in hervorragender Erfüllung seiner soldatischen Pflicht tapfer im Kampf für Volk und Vaterland gefallen sei.

In der Brusttasche des Toten hatten seine Kameraden das Bild seiner jungen, wunderschönen Frau gefunden, die sieben Monate später ein Kind gebar. Es war, wie es sich der Vater gewünscht hatte, ein hübsches, kleines Mädchen, das nun ohne ihn aufwachsen musste.

Zwei Pak-Stellungen und ein Infanteriegeschütz waren ebenfalls in ihrem Kampfabschnitt vom Gegner ausgeschaltet worden. Von einer Pak-Bedienungs-mannschaft lebten noch drei der fünf Panzerjäger, von der anderen war keiner mehr am Leben. Bei einem Gefreiten lagen Körper und Kopf drei Meter voneinander entfernt. Wolf stützte sich mit einer Hand auf die umgestürzte Panzerabwehrkanone. Ihm war speiübel und über seinen eben noch hellwachen Verstand legte sich ein bleierner Schleier. Der Sanitätsunteroffizier, ein hagerer Mann mit einem unrasierten Totengräbergesicht, wartete geduldig, damit der andere sich wieder fangen konnte.

Aus weiter Ferne glaubte Wolf plötzlich eine ihm bekannte Mädchenstimme zu vernehmen. Sie klang glockenhell und rief seinen Namen. „Sarah, oh Sarah", flüsterte er. Er richtete sich immer noch benommen auf. Der neben ihm stehende Sanitäter hatte schon manches erlebt, aber Sarah war er noch nie genannt worden. „Leo", brummte er mit hochgezogenen Augenbrauen, „Mein Name ist Leo."
Wolf wusste nicht, ob er weinen oder lachen sollte. Er sagte: „Ist ja gut, Leo. Sarah war nur ein tolles Mädchen, das ich mal kannte."

Der Sanitäter senkte den Kopf. „Verstehe!" Er räusperte sich und nach einigen Momenten kam ganz leise aus seinem Mund: „Die meisten von uns haben doch ihre Sarah. Was wären wir denn ohne sie? Meine heißt übrigens Helga."

„In Ordnung, Helga. Ich wäre dann so weit!", entgegnete Wolf. Beide grinsten. Aber es war ein irgendwie trauriges Grinsen.

Sie legten Kopf und Körper auf eine Trage, deckten das Ganze mit einer Zeltplane ab und beförderten die Leiche hinter die Front. Dort holte der Sanitätsunteroffizier die Erkennungsmarke aus der zerfetzten Uniform des Gefallenen.

Wieder zurück in seinem Kampfstand beobachtete Wolf durch sein Fernglas, wie sich ein russischer Soldat mit einer weißen Fahne den eigenen Stellungen näherte. In der Hand schwenkte er ein Blatt Papier. Er kam genau auf seinen Kampfstand zu. Mit seinem Gewehr auf den Russen zielend nahm er das Schriftstück in Empfang. Als Maximilian zurück war, brachte er es seinem Kompaniechef, der es an den Bataillonskommandeur weiterleitete. In dem Schriftstück bat der gegnerische Kommandeur in fehlerfreiem deutsch darum, seine Gefallenen und Verwundeten vom Schlachtfeld holen zu dürfen. Dies wurde ihm nach kurzer Rücksprache mit dem Regimentskommandeur umgehend gestattet. Die ganze traurige Aktion dauerte etwa eine dreiviertel Stunde. Danach brachte der gleiche Soldat ein zweites Blatt Papier. Auf dem stand:

Sehr geehrter Herr Kommandeur!

Vielen Dank für die Erlaubnis, unsere Gefallenen und Verwundeten zu bergen.
Aber: WIR KOMMEN WIEDER!

Hochachtungsvoll   Oberst Suchotin

Die Soldaten befanden sich auch in den nächsten Stunden noch in ihren Alarmstellungen. Oberstleutnant Hielscher hatte die von ihm befohlene höchste Gefechtsbereitschaft nicht aufgehoben. Ein weiterer Angriff war zwar eher unwahrscheinlich, aber man wollte keinerlei Risiko eingehen. Im Verlauf des Vormittags sprach es sich herum, dass der Gefechtsstand des III. Bataillons von Oberstleutnant Dieckhoff einen Volltreffer erhalten hatte, bei dem er selbst, sein Adjutant und zwei Funker getötet worden waren.

Es bestätigte sich zudem die Vermutung, dass das benachbarte I. Bataillon des südlich von ihnen liegenden Regimentes gleichzeitig heftig angegriffen worden war. Dort hatte der an Waffenausrüstung und Zahl auch hier überlegene Gegner mehr Erfolg gehabt. Nach beiderseits verbissen geführten Nahkämpfen saß er jetzt in den Stellungen der Deutschen und bedrohte somit von einem Hügel aus die Flanke des eigenen Bataillons. „Bald werden wir zum x-ten Male von höherer Stelle den Befehl erhalten, uns zurückzuziehen, damit die Frontlinie verkürzt wird", vermutete Wolf.

Innerlich aufgewühlt und verzweifelt schaute er immer wieder auf den von den vielen Granateneinschlägen durchpflügten Hang vor sich, der nun einer Mondlandschaft glich. Das war jenseits all

69

dessen, was er sich in seiner Phantasie vorher jemals an Kriegsschrecken vorstellen konnte. Und er war Teil dieses ganzen Horrors. Angeekelt betrachtete er die von ihm leergeschossenen und wieder aufgefüllten Gewehrmagazine neben sich und dachte an die zahllosen verdrehten, leblosen Körper, die bis vor Kurzem noch vor den eigenen Stellungen gelegen hatten.

Maximilian murmelte plötzlich: „Entschuldige bitte meine Bemerkung von vorhin. Total bescheuert von mir!"

„Warum sagst du dann immer solche Sachen?", fragte ihn Wolf.

„Ich glaube, weil ich nur so diese ganze Scheiße ertragen kann."

Sie sahen sich an. In Maximilians Augen lag ein Ausdruck unendlicher Verlorenheit. Dann lief er mit ihren Kochgeschirren nach hinten zur mobilen Bataillonsfeldküche, um Essen zu holen.

Gegen Mittag durften sich die Mannschaften unter Berücksichtigung bestimmter Anordnungen wieder freier bewegen. Wolf wurde zum Kompaniegefechtsstand befohlen, um neu aufgefüllte Munitionskästen abzuholen. Dort sah er Fritz Schulte mit dem Rücken an eine Kiefer gelehnt auf dem Boden sitzen. Seine Arme hatte er nach hinten verdreht an den Baumstamm gelegt. Er stammelte unverständliche Sätze vor sich hin. Man verstand nur immer wieder die Worte „Kannibale" „Mutter" und „Vater". Bednarz hockte vor ihm. Er erklärte Wolf, dass Schultes Verhalten ihm schon am Morgen in der Alarmstellung unmittelbar nach dem Angriff sonderbar erschienen wäre. Er habe ihn deshalb zum Kompanie-gefechtsstand gebracht.

„Er zieht die Psychokarte. Er simuliert!", meinte Hauptfeldwebel Wittig. „Völliger Quatsch! Er simuliert bestimmt nicht!", blaffte Bednarz den Spieß respektlos an. „Ich kenne Schulte ziemlich gut. Er ist der Letzte, der sich drücken würde." Daraufhin wollte Oberleutnant Pätzold wissen, was die ständig wiederholten Worte Kannibale, Mutter und Vater zu bedeuten hätten. Wolf öffnete den Mund. Als er jedoch den auf ihn gerichteten Blick von Bednarz sah, schloss er ihn wieder. Und Bednarz antwortete, dass er sich so richtig auch keinen Reim darauf machen könne. Mit Kannibale meine er wohl den Iwan. Aber seine Mutter sei schon vor Jahren gestorben und den Vater hätte er seit seinem zehnten Lebensjahr nur bei gelegentlichen Besuchen im Zuchthaus gesehen. Während sie noch über den Zustand des Gefreiten sprachen, erreichte die Kompanie der von der Division ergangene Befehl, dass sich das III. und IV. Bataillon im Laufe der kommenden Nacht auf weiter westlich liegende Stellungen zurückzuziehen habe, um die Front wieder zu begradigen.

Schulte hingegen wurde hinter die Front in ein Militärlazarett gebracht. Er war einer der psychisch bedingten Ausfälle, die bei den Westalliierten im Krieg recht häufig, bei den Deutschen und Russen dagegen nur selten auftraten. Nach drei Wochen und langen Gesprächen mit dem Militärgeistlichen, in denen er zuerst nur wenig von sich preisgab, sich dann aber mehr und mehr öffnete und dem Geistlichen Einblicke in sein gequältes Seelenleben gewährte, kam er langsam wieder zu Verstand. Als der andere ihm jedoch die Bedeutung des Glaubens an eine höhere, schicksalsbestimmende Kraft zu verdeutlichen versuchte, winkte er ab. Das sei

etwas für alte Frauen und nichts für ihn, sagte er zu dem
betrübt dreinschauenden Gotteskrieger. Ein paar Tage
später ordnete man ihn dann zu einer Nachschubeinheit
ab. An der vordersten Front sollte er nicht mehr
eingesetzt werden.

13

Freya war erst anderthalb Jahre am Krankenhaus als
das Kriegsende immer näher kam und vorrückende
feindliche Truppen schließlich Seidenberg erreichten.
Einige Tage lang hatte sich ein russischer Bataillonsstab
im Gutshaus einquartiert. Der Wohnbereich der Familie
wurde auf zwei Zimmer im Dachgeschoss begrenzt. Die
russischen Offiziere verhielten sich entgegen der
deutschen Kriegsagitation, welche schlimmste Gräueltaten der Russen voraus gesagt hatte, bemerkenswert
zivilisiert. Ein derartiges Benehmen war jedoch
keineswegs überall der Fall. Es kam ganz auf die
jeweiligen verantwortlichen Offiziere an.

Um die Offiziere weiterhin freundlich zu stimmen und
um guten Willen zu signalisieren, kam Frau v. Gersdorff
auf die Idee, den im Obergeschoss sitzenden Männern
einen frisch gebackenen Käsekuchen zukommen zu
lassen. Diese Aufgabe sollte die lieb und harmlos
aussehende Freya übernehmen. Freya war nicht wohl
dabei zumute. Ihre Knie zitterten, in ihrem Blick sah man
die Angst.

Als sie den Kuchen überreichte, fingen die acht um
den großen Esstisch sitzenden Offiziere an zu grinsen
und der Kommandeur sagte in gebrochenem Deutsch, sie

brauche keine Angst zu haben, russische Offiziere seien ganz normale Menschen. Das sollte Freya später - allerdings in einer völlig anderen Art und Weise - noch eingehender erfahren.

In Seidenberg befindliche Einheiten der polnischen Heimatarmee, der Armia Krajowa, erwiesen sich als weit weniger freundlich. Nachdem die sowjetischen Offiziere das Gut verlassen hatten, erschienen ein polnischer Offizier und zwei Unteroffiziere auf dem Gut. Sie sagten fast nichts, sondern sahen sich alles nur genau an: das Gutshaus, die Häuser der Landarbeiter, die Stallungen, die Scheune und die landwirtschaftlichen Maschinen.

Im einem der Bücherregale im Wohnzimmer des Gutshauses entdeckte der Offizier, der wohl nationalsozialistische Literatur gesucht hatte, eine alte Bibel. Die Bibel stammte aus dem Jahr 1650. Sie wurde traditionsgemäß immer an die älteste Tochter bei deren Geburt weitervererbt. Die Namen der Töchter standen vorne auf in die Bibel eingefügten Blättern. Der Offizier war Kommunist. Er glaubte nicht an Gott, er hielt das Christentum für eine menschliche Illusion, erfunden, um die Menschen davon abzuhalten, eine bessere, sozialistische Welt zu schaffen. Er nahm die Bibel in die Hand, schaute kurz hinein und riss die ersten Seiten mit den Mädchennamen heraus. Anschließend steckte er die zerknüllten Seiten in seine Beintaschen und warf die Bibel Anna-Luise, die erschreckt aufschrie, vor die Füße. Gerhard hob die Bibel auf und fragte: „Warum tun Sie das?" „Werden Sie Kommunist. Dann verstehen Sie das", gab der Pole zur Antwort. „Das werde ich ganz bestimmt nicht", brummte der Deutsche und stellte die Bibel wieder in das Regal.

Gerhard v. Gersdorff hatte vor dem Krieg immer auch Saisonarbeiter aus Polen auf dem Gut beschäftigt und ordentlich entlohnt. Im Krieg hatte er als Ersatz für seine zum Militär eingezogenen Landarbeiter polnische Zwangsarbeiter zugewiesen bekommen. Die wurden zwar auch anständig behandelt, bekamen aber keinen regulären Lohn. Außerdem war er Großgrundbesitzer, ehemaliger Berufsoffizier und adlig. Alles zusammen genommen schlug nun negativ zu Buche. Eines Morgens wurde er von Angehörigen der polnischen Heimatarmee abgeholt und in der von den Polen besetzten Polizeistation von Seidenberg verhört. Der das Verhör leitende Offizier war ein polnischer Jude, der sich 1939 gerade noch rechtzeitig in den Untergrund abgesetzt hatte und sich dort der Armia Krajowa angeschlossen hatte, während der größte Teil seiner Familie in Konzentrationslagern ums Leben gekommen war. Man legte Gerhard bäuchlings auf einen Tisch. Neben ihm stand ein polnischer Unteroffizier mit einem Stock Vor ihm stand der Offizier, der leidlich gut Deutsch sprach.

„Stimmt es, dass Sie polnische Zwangsarbeiter auf Ihrem Gut beschäftigt haben?"
„Ja, das ist richtig, aber ich habe sie korrekt behandelt. Meine deutschen Arbeiter sind eingezogen worden."
„Antworten Sie nur auf das, was Sie gefragt werden."
Auf ein Zeichen seines Vorgesetzten hin versetzte ihm der neben dem Tisch stehende Unteroffizier zwei Stockhiebe.
„Wissen Sie, dass Ihr Land ehemaliges polnisches Land ist?"
„Ja, vor 800 Jahren war es nur von Slawen bewohnt. Davor allerdings von Germanenstämmen, die jedoch im Zuge der Völkerwanderung zwischen dem 3. und 6.

Jahrhundert nach Westen abgedrängt wurden, Ab dem 12. Jahrhundert zogen dann wiederum deutsche Siedler auf der Suche nach Lebensraum nach Osten, denn das Land war dünn besiedelt. Slawen und die deutschen Kolonisten begann sich zu vermischen..."

„Sie sollen mir hier keinen Geschichtsvortrag halten, Sie alter Esel! Antworten Sie nur auf meine Fragen." Zwei weitere Stockhiebe.

„Haben Sie von dem millionenfachen Mord in Ihren KZs gehört?"

„Es sind nicht meine KZs. Aber man hat hier und da schlimme Sachen vernommen. Genaues wusste ich nicht."

„Da sind Sie keine Ausnahme. Keiner von euch will jetzt etwas mitbekommen haben." Sein Tonfall wurde ironisch. „Jetzt sagen Sie nur noch, Sie hätten jüdische Freunde auf Ihrem Hof versteckt!" Ein Stockhieb.

„Nein, das habe ich nicht. Ich kannte Juden nur auf geschäftlicher Ebene."

„Und? Sind Sie von denen betrogen worden?"

„Nein! Ich war ehrlich und die Juden waren es auch."

„Woher haben Sie diesen verkrüppelten Arm?"

„Eine Kriegsverletzung aus dem Ersten Weltkrieg."

„Welchen Dienstgrad hatten Sie?"

„Hauptmann."

„Soso! Waren Sie dann später Mitglied der NSDAP? Gehörten Sie nationalsozialistischen Organisationen an, Herr Hauptmann?"

„Nein."

„Ich wiederhole die Frage nur noch einmal, Herr Hauptmann. Welchen nationalsozialistischen Gruppierungen haben Sie sich angeschlossen?" Zwei Stockhiebe.

„Gar keinen! Bis zu seiner Auflösung 1935 war ich Mitglied im Stahlhelm."

„Das ist fast genauso schlimm." Zwei Stockhiebe.

„Haben Sie Kinder?"

„Drei Töchter und einen Sohn."

„Wo ist Ihr Sohn?"

„In der Wehrmacht."

„In der SS?" Zwei Stockhiebe.

„Nein, in der Wehrmacht. Weder mein Sohn noch ich hätten mit Leuten, die hilflose Menschen umbringen, etwas zu tun haben wollen."

Der polnische Jude betrachtete mit zusammengezogenen Augenbrauen seine Fingernägel. Der Stock des Peinigers ging wieder in die Höhe, doch der Offizier rief: „Stoj! Nie bic wiecej! Nicht mehr schlagen!" und nach zehn langen Sekunden: „Plötzlich erinnern Sie sich, dass im Namen Ihres Volkes schreckliche Taten begangen wurden. Warum haben Sie nichts dagegen unternommen?"

„Das hätte bedeutet, meine Familie im Stich zu lassen. Ich wäre vermutlich selber getötet worden. Über das Ausmaß der Verbrechen weiß ich bis heute nichts Genaues."

Der Offizier dachte an die Lager Majdanek, Auschwitz und Treblinka, in denen seine Familie ermordet worden war. Dann stieß er hervor: „Das sagt ihr jetzt alle, ihr Feiglinge."

„Es tut mir leid."

„Zu spät, Herr von Gersdorff!" Den Namen sprach er laut und gedehnt aus. Der Sarkasmus in der Stimme des Mannes war nicht zu überhören. „Abführen!"

Anna-Luise, die Böses ahnte, ging zu den polnischen Zwangsarbeitern, die noch auf dem Hof wohnten, und bat sie inständig, ein gutes Wort für ihren Mann einzulegen, was diese auch taten. Am nächsten Tag erschien Gerhard v. Gersdorff mit blutigem Rücken und völlig deprimiert wieder zu Hause. Man hatte ihm allerdings das Versprechen abgenommen, binnen 24 Stunden den Hof mit seiner Familie zu verlassen und nach Westen zu ziehen, andernfalls würde er erschossen werden. Was die Deutschen zuvor mit vielen polnischen Familien gemacht hatten, widerfuhr nun den Deutschen. Die Saat der Gewalt!

Eilig beluden die Gersdorffs den größten Leiterwagen mit den Habseligkeiten, die ihnen zum Überleben notwendig erschienen und nähten Schmuck in Kleidungsstücke ein. Einen Tag später begab man sich dann auf den Weg in eine unbestimmte Zukunft. Anna-Luise nahm ihren Ehering und den wertvollsten Brillantring in den Mund unter die Zunge. Das Auto, welches sie vor dem Krieg gekauft hatten, war längst von der deutschen Armee konfisziert worden. Man hatte den bravsten Gaul vor den Leiterwagen gespannt. So zogen sie durch die steinerne Toreinfahrt des Gutshofes.

Den Kastenwagen auf einem Hügel hinter dem Gut sahen sie nicht. Dort stand, lässig gegen den Kotflügel seines Wagens gelehnt, der Offizier der polnischen Heimatarmee Aaron Seligmann. Er war gekommen, um die Befolgung seines Ausweisungsbefehls zu kontrollieren. Nachdenklich betrachtete er seine Fingernägel. Der Familie gegenübertreten wollte er nicht. Das wäre ihm unangenehm gewesen. Als der Leiterwagen der Gersdorffs davon rollte, sagte er leise vor sich hin: „Alles Gute, Herr von Gersdorff." Dieses Mal ganz ohne Sarkasmus!

Er wollte sich nach dem Krieg ebenfalls auf die Suche nach einer neuen Heimat begeben. Seine Familie gab es in Galizien nicht mehr. Er würde eine neue Familie in dem jungen Staat Israel gründen. Zionist war er nicht. Ihm war schmerzhaft bewusst, dass die Juden fast 2000 Jahre nach ihrer Vertreibung aus dem Gelobten Land bei ihrer Rückkehr mit den dort lebenden Palästinensern in Konflikt kommen würden. Neues Unrecht würde entstehen. Und dennoch, er wollte sich dort, nach allem, was geschehen war, der israelischen Armee zur Verfügung stellen.

14

Auf der Landstraße schlossen sich die Gersdorffs einem dort schon gen Westen ziehenden Flüchtlingstreck von etwa 20 weiteren Fuhrwerken an. Überall gab es nun diese Flüchtlingsströme. Ihre Vorfahren waren deutsche Siedler und polnische Bauern. Sie hatten sich im Laufe der Zeit vermischt und betrachteten sich nun alle als Deutsche, obgleich viele ihrer Namen nicht nur die deutsche, sondern auch die polnische Herkunft anzeigten. Es waren 9 Millionen, die in den nächsten Jahren ihre alte Heimat verließen, um im Westen eine neue Heimat zu suchen. Nur wenige blieben zurück. In die verlassenen Städte und Dörfer zogen in den folgenden Jahren Polen aus den von der Sowjetunion okkupierten, ehemaligen polnischen Ostgebieten , Vertriebene, wie die 9 Millionen Schlesier, Pommern und Ostpreußen.

Der Vater saß vorne und lenkte das Gefährt einarmig. Mit von der Partie war auch die Haushaltshilfe Maria. Nicht dabei waren Wolf und Rotraut. Der Flüchtlingstreck kam nur langsam voran. Die vier Frauen, die Mutter, die älteste Tochter, Christlen, Freya und die Haushaltshilfe Maria saßen abwechselnd auf dem Wagen oder gingen daneben her, da nur zwei weitere Personen oben neben den aufgeladenen Habseligkeiten Platz hatten. Kurz hinter Seidenberg wurden sie von einer Gruppe russischer Soldaten angehalten. Sie forderten die verängstigten Flüchtlinge mit vorgehaltener Waffe auf, mitgeführte Wertsachen herauszugeben. Als die Reihe an Frau v. Gersdorff war, sagte diese nichts, sondern schüttelte nur immerzu den Kopf. Doch dieses Verhalten war den Russen bereits bekannt. So viele Taubstumme konnte es in Deutschland nicht geben. Also befahl ihr einer der Soldaten, den Mund zu öffnen. Als sie das nicht sofort tat, drohte er ihr mit seinem Gewehrkolben. Als ihr Mann Anstalten machte, dazwischen zu treten, öffnete sie schnell den Mund und gab ihm die Ringe.

Der genaue Verlauf der Front war unklar. In Seidenberg und vielen anderen Städten und Dörfern waren schon die russische Truppen und Einheiten der polnischen Heimatarmee. Doch hin und wieder sah man auch noch deutsche Panzer und kleinere Gruppen deutscher Infanteristen. Klar war nur, dass die Wehrmachtssoldaten alle auf dem Rückzug Richtung Westen waren.

Sie waren etwa 20 km gefahren, als sie von einer russischen Jakowlew angegriffen wurden. Der Treck hielt sofort an und jeder rannte links oder rechts in den neben der Landstraße befindlichen Wald. Der Tiefflieger wendete noch einmal und begann ein zweites Mal mit dem Bord-MG auf die Flüchtenden zu schießen. Er hatte nichts mehr zu befürchten. Es gab keine deutschen Flugzeuge mehr, die ihn für diese feige Tat hätten bekämpfen können.

Freya und Maria rannten nach rechts, die anderen Gersdorffs nach links. Die beiden jungen Frauen hatten schreckliche Angst. Maria rannte immer weiter. Sie hatte sich kurzerhand entschlossen, wieder nach Hause in ihr Dorf zurückzulaufen, egal was sie dort erwartete. Schlimmer als auf der Flucht konnte es kaum sein. Freya rannte ein gutes Stück mit, blieb dann aber verwirrt stehen. „Freya, lauf den Weg zurück, an der zweiten Gabelung nach links, hinter dem Waldstück nach rechts und nach etwa vierhundert Metern den Abhang hinunter. Dann kommst du wieder zu dem Flüchtlingstreck", rief Maria noch, dann war sie verschwunden.

Als der Tiefflieger abgedreht hatte, begannen die anderen sich zu sammeln. Ein alter Mann und eine schwangere junge Frau lagen erschossen am Waldrand, eine alte Frau und ein Kind waren verletzt. Ein Pferd lag tot auf der Landstraße, drei weitere waren so schwer verletzt, dass sie ausgespannt wurden. Man musste sie ihrem traurigen Schicksal überlassen. Vier andere waren in Panik losgestürmt. Dabei waren drei Leiterwagen umgekippt. Es herrschte ein heilloses Durcheinander. Der brave Gaul der Gersdorffs stand nur zitternd mit angstvoll aufgerissenen Augen fünf Meter neben der Straße. Der Wagen war nicht umgefallen.

Bestürzt stellte man fest, dass Freya und Maria fehlten. Christlen half mit, das Gepäck auf die noch verbliebenen Fuhrwerke umzuladen, die Eltern machten sich auf die Suche nach ihrer jüngsten Tochter und Maria. Nach einer Stunde war der Treck wieder so weit zusammengestellt, dass man weiterfahren konnte. Die beiden jungen Frauen blieben jedoch verschwunden. Man rief, man schrie und weinte. Es half nichts. Die anderen Flüchtlinge drängten auf die Fortsetzung der Flucht. Was hätte man auch tun sollen? Hier einfach stehen bleiben oder umkehren war unmöglich. In Seidenberg hatte man angedroht, sie zu erschießen. Möglicherweise würden die Frauen auch vergewaltigt werden. Also fuhr man weiter und hoffte, Maria und Freya würden schon irgendwie durchkommen.

Am nächsten Tag erreichte der Treck eine Oderbrücke und überquerte den Fluss, kurz bevor die Brücke von deutschen Pionieren gesprengt wurde, um den Vormarsch der Russen zu stoppen.

15

Etwa zur gleichen Zeit hatte Kompaniechef Pätzold Wolf zu sich befohlen. Vor ihm lagen Schriftstücke über zwei Soldaten seiner Kompanie, die sich erst kürzlich unerlaubt von der Einheit entfernt hatten. Sie waren jedoch wieder aufgegriffen worden. Fahnenflucht kam in den letzten Monaten immer häufiger vor. Nachdenklich und zugleich widerwillig schaute er auf die Schriftstücke. Die beiden Männer einem „Fliegenden Standgericht" zu überstellen, bedeutete für diese, auch noch kurz vor dem abzusehenden Ende des Krieges, den sicheren Tod. Wie lautete Hitlers Weisung? „Der Soldat kann sterben, der Deserteur muss sterben." Aber er hatte wahrlich schon genug Tote gesehen. Außerdem wusste er, dass die Männer verheiratet waren und Kinder hatten. Genau wie er selber. Pätzold wusste noch nicht, was er tun würde. Aber er musste einen Weg finden...

Auch das nun bevorstehende Gespräch war eine ziemlich heikle Angelegenheit. Die Kompanie war nach ihrem Einsatz in vorderster Linie für eine Woche zur Erholung in den rückwärtigen Kampfabschnitt verlegt worden. Dort hatte Wolf im kleinen Kreis unvorsichtig verlauten lassen, dass der Krieg wohl verloren ginge und man schnellstmöglich versuchen solle, mit den Alliierten noch einen halbwegs erträglichen Friedenvertrag auszuhandeln. Ein Kamerad hatte ihn deshalb einen Feigling und Vaterlandsverräter genannt. Wolf hatte dem anderen daraufhin gesagt, er sei genau das Gegenteil und wenn dieser noch einmal dergleichen behaupte, würde er ihm eins aufs Maul geben und als Zugabe auch eins aufs linke Auge, denn dann würde der Herr Obergefreite das Maul nicht mehr so schnell aufmachen und zum Zielen über Kimme und Korn bräuchte man ohnehin nur das rechte Auge. Der Obergefreite zog es daraufhin vor, den Mund zu halten, machte aber Meldung beim Kompaniechef.

Es klopfte an der Tür seiner Kompanieführungsstelle, die im Keller einer zerstörten Fabrik untergebracht war.

„Herein!", rief Pätzold.

Wolf trat in das Zimmer. Grundstellung, Gruß. „Gefreiter von Gersdorff meldet sich wie befohlen."

„Stehen Sie bequem, Gefreiter von Gersdorff. Können Sie sich denken, warum ich Sie habe kommen lassen?"

„Nein, Herr Oberleutnant."

„Wegen Ihrer unüberlegten Reden, Gersdorff."

„Wie darf ich das verstehen, Herr Oberleutnant?"

„Sie haben in einem Gespräch mit Ihren Kameraden geäußert, der Krieg sei jetzt verloren. Man müsste sofort versuchen, mit den Alliierten Friedensgespräche aufzunehmen."

Wolf blieb stumm.

„Wissen Sie denn nicht, dass Sie sich damit in Lebensgefahr bringen können? Es gibt Leute, die das als Wehrkraftzersetzung bezeichnen. Mann, in Himmels Namen, halten sie doch in Zukunft Ihr vorlautes Mundwerk, Gersdorff."

„Jawohl, Herr Oberleutnant."

„Außerdem haben Sie einem Kameraden Schläge angedroht, weil dieser Sie einen Feigling genannt hat."

„Ein Feigling und Vaterlandsverräter bin ich nicht und werde es auch niemals sein."

„Das glaube ich Ihnen ohne jeden Zweifel. Trotzdem ist ein solches Verhalten völlig inakzeptabel. Richten Sie Ihre Energie gefälligst nach vorne gegen den Feind und nicht gegen die eigenen Leute. Haben Sie das verstanden?"

„Ja, das war ein Fehler. Kommt nicht wieder vor!"

Etwas milder nun: „Ich habe in Ihren Unterlagen gelesen, dass Sie Reserveoffiziersanwärter sind. Warum nicht Offiziersanwärter?"

„Weil ich die Landwirtschaft meines Vaters weiterführen will."

„Sehr gut, sehr gut, Gersdorff. Eine lohnende Sache. Gibt bzw. gab es in Ihrer Familie vor Ihnen schon viele Offiziere?"

„Ja, viele! Seit langer Zeit."

Oberleutnant Pätzold musste innerlich schmunzeln. „Soso, viele. Seit langer Zeit", dachte er. Sein Vater und sein Großvater waren Verwalter auf schlesischen Gutshöfen gewesen. Somit war ihm das Denken dieser Junker und ihrer Frauen nicht unbekannt. Manche von ihnen waren etwas merkwürdig, da mitunter innerhalb ihrer Schicht - genetische Bedenken außer Acht lassend - zwischen ohnehin schon verwandten Familien Ehen geschlossen wurden. Fast alle zeigten jedoch in ihrem Verhalten Standesbewusstsein, welches im negativen Fall bei mangelnder Intelligenz oder fehlender Lebenserfahrung oder beidem unter Umständen in Standesdünkel ausarten konnte, wobei sich angeheiratete ehemals „bürgerliche" Frauen der Junker mitunter besonders hervortaten. Das war in entgegengesetzter Richtung - in ähnlicher Weise, nur in anderer Form – allerdings ebenfalls zu beobachten, wenn nämlich manche Zeitgenossen andere Menschen, die rein zufällig durch Geburt, ganz ohne ihr Zutun, ein „von" vor ihren Namen trugen, unterschiedslos und von vornherein mit vorurteilsbelasteten, längst überholten Attributen versahen.

Aber in der Regel, so meinte Pätzold zu wissen, waren diese Junker anständig, national-konservativ und bis zum Verrecken familienbezogen. Wie konnte er da annehmen, dieser 19jährige Bengel würde sich anders verhalten? Arroganz oder Überheblichkeit hatte er bei ihm noch nicht feststellen können. Im Gegenteil, er war im Allgemeinen freundlich und aufgeschlossen gegenüber jedermann. Pätzold schaute auf die vor ihm liegenden Schriftstücke bezüglich der zwei Deserteure. Gersdorff, da war er sich sicher, würde niemals auch nur auf die Idee kommen zu desertieren oder sich selbst einen „Heimatschuss" beizubringen, um durch diesen schwer nachweisbaren Akt einer relativ harmlosen Selbstverstümmelung den möglichen Tod an der Front zu umgehen.

„Weiter so", sagte er schließlich.

„Natürlich, Herr Oberleutnant.

„Wegtreten."

Grundstellung, Hand an die Mütze, Kehrtwendung.

Pätzold schmunzelte ein zweites Mal, dieses Mal offen. Es sah immer etwas komisch aus, wenn dieser hoch aufgeschossene, schlaksige Kerl versuchte, militärisch zu wirken. Als Wolf bereits in der Tür stand, rief ihm sein Kompaniechef hinterher:

„Ach übrigens, Gefreiter v. Gersdorff, was den ganzen Schlamassel, in dem wir jetzt stecken, angeht, bin ich ganz und gar Ihrer Meinung."

„Danke, Herr Oberleutnant."

16

Eine Woche vor Kriegsende erwischte es noch den Obergefreiten Donkers. Eine Granate riss ihm das linke Bein ab. Bevor er ohnmächtig wurde, raunte er noch den anderen kaum hörbar zu: „Macht euch keine Sorgen. Nur ein kleiner Kratzer. Werde jetzt mal überprüfen, ob die Schwestern im Lazarett auch ihren Nachtdienst ordentlich verrichten." Der Sanitäter, der ihn mit einem zweiten Mann im Laufschritt hinter die Front getragen hatte, meinte am darauffolgenden Tag, dass seine Überlebenschancen äußerst gering seien. Daraufhin ballte der mittlerweile zum neuen Gruppenführer ernannte Bednarz beide Fäuste, drehte sich um seine eigene Achse und brüllte dreimal hintereinander „Scheiße, Scheiße, Scheiße!" Man konnte auf seinen Schulterstücken jetzt ein großes U sehen, da der Oberschlesier zu guter Letzt doch noch zum Unteroffizier avanciert war, obwohl er dies gar nicht angestrebt hatte.

Mittags saßen die noch übrig gebliebenen vier Soldaten der 2. Gruppe und der erst kürzlich der Gruppe als Ersatz neu zugeteilte Schütze Warmbrunn dann wortlos nebenander im Gras hinter einer kleinen Anhöhe. Sie löffelten lustlos eine dünne Erbsensuppe aus ihren Kochgeschirren. Plötzlich sagte Bednarz in das Schweigen hinein: „Ich war seit Beginn des Russlandfeldzuges mit Donkers in dieser Kompanie. Wir waren zusammen, als wir in Smolensk im Häuserkampf den Iwan aus der Stadt geworfen haben und später uns vor Moskau blutige Köpfe geholt haben. Wir sind nebeneinander im Regen durch den dicksten Morast gewatet, hunderte von Kilometern auf staubigen Landstraßen marschiert, haben zusammen in eiskalten Nächten angegriffen oder sind angegriffen worden. Vermutlich haben wir sogar dieselben Wehrmachtsnutten gevögelt. Er war immer ein guter Kamerad. Wir müssen jetzt wohl eine Weile auf seine saublöden Sprüche verzichten." Kaum hatte er das gesagt, stand Brendel plötzlich auf, schleuderte sein Kochgeschirr samt Inhalt mit ganzer Kraft gegen den nächsten Baum und lief in den nahen Wald hinein. Als er fünf Minuten später mit hängenden Schultern zurückkam, bot ihm Purzel eine seiner selbstgedrehten Zigaretten an. „Verflucht nochmal! Normalerweise habe ich mich besser unter Kontrolle", murmelte er.

Während der folgenden viertel Stunde saß der Unteroffizier Bednarz völlig teilnahmslos neben den ihm untergebenen Soldaten. Als er ein halb unterdrücktes, merkwürdiges Geräusch von sich gebend sein Gesicht in beide Hände legte, schauten ihn die anderen teils erschrocken, teils peinlich berührt an. Nach ein paar Sekunden sah er wieder auf und nahm die betretenen, auf ihn gerichteten Blicke wahr. Sofort sprang er auf seine Füße und schnauzte sie an: „Was glotzt ihr so? Erwartet ihr vielleicht, dass ich zu heulen anfange? Das würde euch so passen! Habt ihr eigentlich keine Arbeit?" Umgehend standen auch die anderen auf und begannen, wie wild an ihren neuen Stellungen zu schanzen, obwohl diese eigentlich längst fertig gestellt waren.

17

Die Nacht vom 8. Mai auf den 9. Mai 1945 kam. Nach letzten erfolglosen Verhandlungsversuchen hatte die deutsche Wehrmacht bedingungslos kapituliert. Um Mitternacht herrschte plötzlich an den Fronten eine gespenstige Stille. Keine harten Einschläge von schweren Granatwerfern mehr, kein atemloses Gehämmer von Maschinengewehren mehr, keine Leuchtraketen am Himmel. Ab und zu hörte man noch Gewehrsalven, aber das waren wohl meistens nur Freudenbekundungen der Sieger.

Der Kommandeur des Infanterieregimentes, Oberst v. Seydlitz, betrachtete es als seine Pflicht, am 9. Mai ein letztes Mal die beiden Bataillone, welche vom Feind noch nicht aufgerieben worden waren, abzufahren, um sich von ihnen zu verabschieden. Er war trotz seines Alters von 61 Jahren im vorletzten Kriegsjahr noch einmal reaktiviert worden, obwohl er 1938 in den vorzeitigen Ruhestand geschickt worden war. Er gehörte damit sozusagen zum letzten Aufgebot. Sein Gang war eckig und die Körperhaltung stets kerzengerade, so dass manche meinten, er habe einen Gewehrlauf verschluckt. Sein gelegentliches, an eine kaputte Kaffeemaschine erinnerndes, schnarrendes Lachen pflegte die Gesprächspartner mehr zu erschrecken, als dass es sie zum Mitlachen animierte.

Der Grund für seine Entlassung aus dem aktiven Dienst einige Jahre zuvor war seine standhafte Weigerung gewesen, an seinem alten Regimentsstandort neben dem militärischen Gruß das vorher übliche „Guten Morgen", „Guten Tag" und „Guten Abend" durch ein schneidiges „Heil Hitler" zu ersetzen. Außerdem waren einige „unbedachte" Äußerungen von ihm im Offizierskasino weiter getragen worden. Dabei hatte er noch Glück gehabt, denn nur seine Verdienste aus dem Ersten Weltkrieg hatten ihn davor bewahrt, unehrenhaft entlassen zu werden.

Um 10.00 Uhr morgens wollte er zum IV. Bataillon, in dem Wolf war, kommen. Das Bataillon, das ursprünglich 861 Mann umfasst hatte, war auf 412 Mann zusammengeschmolzen. Es gab 274 Verwundete (die meisten zu dem Zeitpunkt im Lazarett, die anderen auf Grund der Verletzung nicht mehr kriegstauglich) und 209 Tote, 26 Soldaten galten als vermisst, von denen einige wohl desertiert waren. Die Verluste waren schon lange nicht mehr auszugleichen gewesen. Nur 91 Mann waren der Kampfeinheit nach und nach aus dem Ersatzbataillon der Infanteriedivision als Auffrischung zugeteilt worden, meist ganz junge Burschen und ältere Männer, von denen allerdings 31 auch bereits verwundet oder nicht mehr am Leben waren.

Die Kompanien waren auf freiem Feld angetreten. Die Soldaten sahen erschöpft, verschmutzt und deprimiert aus. Unter dem äußerlich eher traurigen Eindruck, den sie auf den ersten Blick auf einen Beobachter machten, sah man jedoch auch Erleichterung, dass das Leiden der letzten Monate nun ein Ende fand. Andererseits war man nicht bereit, am Ende auch noch seinen Stolz zu opfern. Sie waren keine Einheit im Hinterland beim Train oder der rückwärtigen SS gewesen, sondern immer an der Front eingesetzt worden.

Neben dem IV. Bataillon war in den letzten Wochen ein Bataillon der Waffen-SS eingesetzt worden, um die sich auftuenden Lücken der Front zu schließen. Die meist sehr jungen Männer hatten sich zur Hälfte freiwillig zu dieser sich als Elitetruppe verstehenden Einheit gemeldet. Die anderen waren am Ende des Krieges einfach in die Waffen-SS hineingepresst worden. Äußerlich entsprachen sie in der Regel dem von der NSDAP favorisierten Ideal eines gestählten Soldaten, waren jedoch politisch meist völlig unbedarft. Doch auch die zweite Hälfte dieser SS-Soldaten war mittlerweile durch die pausenlose nationalsozialistische Indoktrination fanatisiert worden. Alle kämpften mit einer kaum zu überbietenden Hartnäckigkeit gegen die hinsichtlich ihrer Truppenstärke und Waffenausstattung mittlerweile deutlich überlegenen Soldaten Stalins. Sie wussten, dass ihre Überlebenschancen relativ gering waren, sollten sie in Gefangenschaft geraten und anhand der auf der Innenseite des linken Oberarms oder in die Achselhöhle eingebrachte Blutgruppentätowierung als Angehörige der SS erkannt werden. Sie hatten exorbitant hohe Verluste und wichen erst zurück, wenn ihre Munition aufgebraucht war.

Die Soldaten des IV. Bataillons, insbesondere die Offiziere und Unteroffiziere, betrachteten es als eine Frage der Ehre, nicht hinter der Tapferkeit dieser Einheit zurückzustehen. Nicht wenige von ihnen standen aus unterschiedlichen Gründen der in Konkurrenz zur

Wehrmacht stehenden Waffen-SS sehr reserviert gegenüber. Sicher hatte dieser Umstand mit dazu beigetragen, dass der Korpsgeist des Infanteriebataillons sich nicht vermindert, sondern eher noch zugenommen hatte.

Die Zugführer waren vor dem Eintreffen des Regimentskommandeurs noch einmal ihre Züge abgegangen, hatten hier eine Uniform gerade gerückt, dort den richtigen Sitz einer Feldmütze oder das Zuknöpfen eines Knopfes der Feldjacke angemahnt. Der eine Soldat musste einige Zentimeter vorrücken, der andere einige Zentimeter zurücktreten. Danach Vollzugsmeldung an den Kompaniechef. Danach Vollzugsmeldung der Kompaniechefs an den Bataillonskommandeur. Deshalb standen sie jetzt an diesem denkwürdigen Frühlingstag ein letztes Mal in tadelloser Formation Kompanie neben Kompanie,

Als Seydlitz Punkt 10.00 Uhr mit seinem Fahrer erschien, trat der unlängst von einem Ersatztruppenteil an die Front beorderte neue Bataillonskommandeur Major Müller - der vorherige Kommandeur, Oberstleutnant Hielscher, war nach dem letzten Gefecht verwundet in ein Feldlazarett gekommen - mit seinem merkwürdig unkoordinierten Gang vor das Bataillon und polterte: „4. Bataillooooon, stüllgestan!" Die Stiefel klackten mit einem einzigen lauten Geräusch zusammen „Augeeen rechts!" Die Köpfe schnellten ruckartig nach rechts. Sie machten in diesem Moment nicht den Eindruck eines zusammengeschossenen Haufens von gedemütigten Verlierern.

„Na, das klappt ja immer noch einwandfrei", dachte Wolf. Auch er war trotz seiner Abscheu gegen das zunehmend unsinniger werdende Blutvergießen, eine Abscheu, die sich mit der Zeit immer mehr gesteigert hatte, stolz auf seine Einheit gewesen. Sie hatten vieles zusammen durchgestanden und waren zu einer schicksalhaft miteinander verbundenen Gemeinschaft geworden. Das Individuum war in den Hintergrund getreten und man sah sich als Teil eines größeren, wichtigeren Ganzen, einer Kompanie, eines Regiments, ja einer ganzen Armee. Im Bewusstsein vieler hatte dies erstaunlicherweise in der Vergangenheit nicht zu einem Bedeutungsverlust der eigenen Person geführt, sondern im Gegenteil zu einer gefühlsmäßigen Bedeutungs-aufwertung.

Major Müller, der ein gutmütiges Boxergesicht und einen nicht zu übersehenden Bauchansatz zur Schau trug, hatte sich in der kurzen Zeit, in der er das Bataillon führte, alle Mühe gegeben, seiner neuen Funktion gerecht zu werden, auch wenn man ihm die jahrelange Verwendung in der praxisfernen Etappe anmerkte. Da er jedoch weder dumm noch beratungsresistent war, hatte er sich bei den Lagebesprechungen mit seinen Kompaniechefs flexibel gezeigt und Unterstützung angenommen. Somit war es ihm gelungen, Fehler in seiner Befehlsgebung und Handlungsweise weitest-gehend zu vermeiden. Nun schlackerte Müller drei Schritte auf den Oberst zu und meldete militärisch stramm: „IV. Bataillon wie befohlen angetreten!" Seydlitz rief: „Guten Morgen, IV. Bataillon!" „Guten Morgen, Herr Oberst", schallte es zurück.

Danach schritten beide die Front ab, der Oberst schnell und preußisch-zackig vorneweg und Müller, der offensichtlich von dem angeschlagenen Tempo seines Vorgesetzten überrascht war, Arme und Beine von sich werfend, einen halben Schritt schräg dahinter, Es glich eher einem ungleichen Hundertmeterlauf denn einem genüsslichen Abschreiten des Bataillons. Am anderen Ende angekommen schaute Seydlitz Major Müller kurz an, nickte kaum wahrnehmbar mit dem Kopf, sagte: „Lassen Sie rühren!" und begab sich dann zu der vor den angetretenen Soldaten in den Boden gesteckten Bataillonsfahne.

Nach Luft ringend bellte Müller: „Augen geradeee aus! IV. Bataillooon, rührt euch!" Die Stiefelspitzen des rechten Fußes von 402 Soldaten gingen mit einem Schlag zehn Zentimeter nach rechts vorne, die Körperhaltung entspannte sich. Anschließend hielt Seydlitz eine kurze Ansprache:

„Soldaten des IV. Bataillons, der Krieg ist zu Ende. Wir haben ihn verloren. Ihr habt tapfer gegen eine letztlich zu große Übermacht gekämpft."
Von hinten sagte unvermittelt der kleine Gefreite „Purzel", der offensichtlich einen in ihm plötzlich hochkommenden inneren Impuls nicht unterdrücken konnte, alle Disziplin außer Acht lassend und deutlich vernehmbar:
„In die Hose geschissen habe ich mir vor Angst."
Fast alle grinsten, sogar die Kompaniechefs. Hauptmann Pätzold zischte: „Klappe im letzten Glied!"
Er gehörte zu den vielen Soldaten, die auf Befehl der obersten Heeresleitung noch in den letzten Monaten vor Kriegsende befördert worden waren, wahrscheinlich um die langsam erlahmende Widerstandskraft der Deutschen noch einmal anzustacheln.

Der Regimentskommandeur, der die Bemerkung des Gefreiten ebenfalls gehört hatte, hielt kurz inne, fuhr dann aber mit unbewegter Miene fort: „Das weiß ich,

Kamerad. Wenn die Stalinorgel losging, hatten alle von uns Angst. Dennoch, ihr habt getreu eurem Fahneneid bis zuletzt durchgehalten und eure verdammte Pflicht erfüllt. Ihr habt große Strapazen ertragen und Dinge getan", - er räusperte sich - „die auch ein Soldat nicht gerne tut. Im Gegensatz zu vielen eurer Kameraden habt ihr jedoch überlebt. Seid dankbar dafür. Euch fällt nun die Aufgabe zu, unser zerstörtes, geliebtes Vaterland wieder aufzubauen. Die meisten von euch sind noch jung. Ich bin sicher, dass ihr das leisten werdet.

Nach dem Krieg wird von vielen außerhalb und auch von manchen innerhalb unserer Grenzen Schmutz und Häme über Deutschland ausgeschüttet werden. Es wird Leute geben, die sich jetzt schnell aus dem Staub machen. Nicht wenige werden aalglatt die Seite wechseln, aus schweigenden Duckmäusern werden heimliche Widerstandskämpfer. Feiglinge werden versuchen, sich selber Denkmäler zu setzen. Es wird sogar selbsternannte Richter geben, die eine innere Befriedigung darin finden, alle Soldaten als Verbrecher zu beschimpfen." Sein rechter Mundwinkel zog sich sarkastisch nach oben.

„Die einen werden nicht aufhören wollen, Asche auf ihr eigenes Haupt zu streuen, während die anderen die Schuld, welche sie auf sich geladenen haben, schlichtweg abstreiten werden. Viele, vor allem junge Menschen, werden in den kommenden Jahren unsere Sprache in Worten und Liedern verraten. Neue Scharlatane werden auftauchen, die den Menschen abermals den Kopf verdrehen, nur dieses Mal in eine andere Richtung.

Wir Deutsche, so sagt man, haben eine verhängnisvolle Neigung zu Extremen, doch Selbstverleugnung ist genauso falsch wie Unersättlichkeit und Machtbesessenheit. Dennoch bin ich davon überzeugt, dass die große Mehrheit unseres Volkes wieder auf den Weg zurückfindet, der in die Zukunft weist. Deutsche Tugenden werden uns dabei helfen: Geradlinigkeit, Fleiß, Zuverlässigkeit!" - Pause - Dann wurde seine Stimme lauter: „Verliert dabei niemals euern Stolz auf unsere Traditionen, auf unsere Geschichte, auf unser Land. Denn der ist für das Gedeihen einer Nation unabdingbar. Die Geschichte der Deutschen hat nicht erst mit dem Jahr 1933 angefangen. Denkt an die großartigen kulturellen und wissenschaftlichen Leistungen, die unsere Nation in der Vergangenheit hervorgebracht hat. Aber...", er machte wieder eine kurze Pause, „vergesst neben dem Stolz nicht die Demut. Übertriebener Stolz auf die eigenen Werte kann zur Sünde werden. Toleranz und Achtung des Anderen ist ebenso wichtig. Eine radikale Selbstbezogenheit führt zu Überheblichkeit und damit ins Verderben. Es ist schon immer besser gewesen, aufeinander zuzugehen, sich nicht anmaßend abzugrenzen! Ich hoffe nur, dass die Siegermächte nach dem zweiten für uns verloren gegangenen Weltkrieg das ebenfalls so sehen werden. Aber ich bin weder Politiker noch Philosoph, sondern nur ein in die Jahre gekommener Militär. Deshalb danke ich euch noch einmal für euren Mut und eure Standhaftigkeit auch in fast ausweglosen Situationen. Doch blickt jetzt nach vorne! Macht euch an die Arbeit!"

Jeder wusste um die Bedeutung der letzten Worte des Kommandeurs. Dieser schaute nun vom linken Rand des Bataillons bis zum rechten Rand und zurück. Dann rief er: „Für eure Zukunft wünsche ich allen, die ihr hier vor mir steht, und euren Familien alles erdenklich Gute."

Er nickte Müller wieder zu, dieser trat aus der Formation heraus, wackelte einige Schritte nach vorne vor seine Einheit und gab das Kommando: „4. Bataillooon, stüllgestan!" 412 Stiefelabsätze krachten zusammen. Selbst der kleine Gefreite „Purzel" stand da wie eine Eins!

Der Körper des alten Obersts straffte sich, er nahm die Hand an die Mütze. „Auf Wiedersehen, Kameraden!" Der Bataillonskommandeur, die Kompaniechefs und die Zugführer grüßten zurück und die nur noch 412 Mann brüllten so laut wie 861 Mann: „Auf Wiedersehen, Herr Oberst!"

In der nächsten halben Stunde sagten die Soldaten einander Lebewohl und packten die wenigen Sachen in ihren Tornister, die sie für den ihnen nun bevorstehenden Weg in die Kriegsgefangenschaft oder in die Heimat benötigten. Dabei hingen sie den verschiedensten Gedanken nach. Wolf dachte an den Unteroffizier Kretschmar. Er hatte ihn insgeheim gemocht, auch wenn er den wortkargen Mann kaum einmal in ein längeres Gespräch verwickeln konnte. Beinahe verschämt dankte er aber auch Gott, dass er den Krieg unverletzt überlebt hatte. Er dankte einer höheren Macht, deren Plan er nicht kannte und die er schon fast vergessen hatte.

Leutnant Kunert ging seine kleine Schwester durch den Sinn, die man aus den Trümmern eines zusammengestürzten Hauses herausgezogen hatte. Er würde so bald wie möglich ihr Grab aufsuchen. Ehemalige Nachbarn erzählten ihm später, dass sie die zahlreichen Knochenbrüche möglicherweise überlebt hätte, die furchtbaren Verbrennungen am ganzen Körper aber sicher nicht. Sie hätte immer wieder seinen Namen gerufen, bevor sie erst das Bewusstsein verloren habe und kurz darauf gestorben sei.

Außerdem wollte Alexander Kunert sein Architektur-studium fortsetzen. Auch er war entschlossen, die Heimat wieder mit aufzubauen. Häuser würden in den kommenden Jahren viele gebaut werden müssen. Doch er wollte sich am Aufbau eines anderen Deutschlands, eines, wie er meinte, besseren Deutschlands beteiligen, eines sozialistischen und humanen Landes, das sich dem Weltfrieden verpflichtet fühlte.

Als er das einmal seinem Kompaniechef anvertraut hatte, war dieser nicht in Jubel ausgebrochen. Stattdessen hatte Pätzold nur gesagt: „Alexander, du weißt, dass ich dich schätze. Aber meiner Ansicht nach nimmt ein allzu idealistisches System dann, wenn dem Wesen des Menschen seitens der Politik nicht genügend Beachtung geschenkt wird, irgendwann diktatorische Züge an, um das Volk bei der Stange zu halten."

Daraufhin hatte er geantwortet: „Ich mag dich ja auch, Richard. Doch ich denke, dass wir nach zwei Weltkriegen endlich die Zeichen der Zeit erkennen müssen und vernünftig werden sollten."

„Die Hauptsache ist, mein guter Freund, DU wirst dabei nicht vom Paulus zum Saulus."

„Zum Saulus sind wir in diesem Krieg alle geworden. Wir, die anderen, alle! Es kann also nur besser werden."

Pätzold hatte nur wehmütig den Kopf geschüttelt.

Hauptfeldwebel Wittig dachte daran, dass er nach dem Krieg versuchen wollte, in den kriminalpolizeilichen Dienst zu kommen. Das entsprach seinen Fähigkeiten und seinem Naturell. Außerdem hoffte er, durch die

Verfolgung des Bösen in der Welt die undefinierbaren Schuldgefühle, die sich in ihm aufgestaut hatten, überwinden zu können.

Dem Unteroffizier Bednarz ging seine Frau durch den Kopf. Sie hatte sich während seiner Abwesenheit einem anderen zugewandt. Zuerst war er enttäuscht gewesen, dann wütend, schließlich nur noch in seinem Stolz gekränkt. Aber mittlerweile hatte er sich damit abgefunden. Die ganz große Liebe war es sowieso nicht gewesen! In Zukunft würde er keine halben Sachen mehr machen. Er nahm sich vor, keinen Versuch zu unternehmen, sie zurückzugewinnen. Er wollte sich nach der Kriegsgefangenschaft auf die Suche nach einer anderen, einer besseren Frau begeben. Nach all dem Hass der vergangenen Jahre beabsichtigte er nun, die wahre Liebe zu finden.

Hauptmann Pätzold hingegen stand etwas abseits. Er wollte warten, bis auch der letzte seiner Männer gegangen war, um danach selbst den Weg in die Ungewissheit anzutreten. Jeder ohne Ausnahme kam zu ihm, um sich zu verabschieden. Sie alle wussten von Hauptfeldwebel Wittig, dass ihrem Kompaniechef vor drei Jahren nach seiner Genesung von einem Lungenschuss angeboten worden war, sich zum Divisionsstab versetzen zu lassen. Er hatte jedoch darum gebeten, wieder zu seinem alten Bataillon zu kommen, denn er sei nicht der Typ eines Stabsoffiziers, der ein oder zwei Kilometer hinter der Front über Generalstabskarten brüte und mithelfe übergeordnete Befehle auszuarbeiten. Sein Regimentskommandeur hatte sich sehr erstaunt gezeigt, war dann aber seinem Wunsch gefolgt.

Einige erhoben beim Abschied die Hand zum militärischen Gruß, doch er winkte ab. Er sagte dann so etwas wie: „Lass gut sein, Brendel. Hitler ist tot! Finde wieder zu dir selbst und komm gut heim!"
oder: „Steiner, es ist vorbei. Ab heute sind wir wieder alle gleich."
oder: „Bleib sauber, Purzel. Ohne dich hätten wir noch weniger gelacht. Bewahre dir deine Spontaneität und deinen Humor!"
„Viel mehr besitze ich eh nicht, Herr Hauptmann."
„Dann bist du reich, Purzel. Sehr reich!"

Als Wolf an der Reihe war, fragte Pätzold ihn unversehens: „Was sagen Sie zu der Rede von Oberst v. Seydlitz?"
Wolf war von dieser direkten Frage seines Vorgesetzten überrascht. Er überlegte kurz und antwortete dann: „Ich fand sie eigentlich recht gut." Und eine Spur leiser: „An manchen Stellen zu pathetisch vielleicht."
„Prophetisch?"
„Nein, pathetisch!"
„Ja, ja, das wohl auch. Der alte Preuße eben!" Der Kompaniechef nickte und lächelte.
„Unser Deutschlehrer hat mal gesagt: Zu viel Preußentum ist gefährlich."
„Ein kluger Mann. Aber wahrscheinlich ist das bei den meisten Dingen so. Zu viel von etwas ist meistens schlecht! Aber dann bist du auch mit dabei, Gersdorff?"
„Bei was bitte?"
„Bei dem, was der Regimentskommandeur gesagt hat."

„Sie meinen, Deutschland wieder aufbauen?"

„Ja."

„Da machen wir alle mit! Aber Herr Hauptmann, wie können sie mich so etwas fragen?" Der Vorwurf in seiner Stimme war unüberhörbar.

„Entschuldigung! Ich wollte es nur noch einmal aus deinem Mund, stellvertretend für alle anderen, hören." Verletzter Stolz war noch immer in Wolfs Gesicht zu sehen, als er sagte: „Den Karren, den wir in den Dreck gefahren haben,..."

„...den müssen wir auch selber wieder herausziehen!" ergänzte Pätzold. Sie gaben sich die Hand.

Irgendwann kamen auch zwei Obergefreite zu ihm. Sie wollten sich bedanken, sagte der Kleinere mit dem runden Bauerngesicht. Der andere, dessen Schlitzohrigkeit nicht zu übersehen war, nickte stumm.

Pätzold tat erstaunt. „Wieso das denn? Ich habe euch doch persönlich mit einem Erkundungsauftrag losgeschickt. Dass ihr dämlichen Kerle euch da verirrt und ausgerechnet einer SS-Streife über den Weg lauft, war nicht vorgesehen. Das einzig Gute an eurem Verhalten war, dass ihr nach der Festnahme die Schnauze gehalten habt. Aber wenn ihr euch unbedingt bedanken wollt, dann wendet euch an den alten Mann dort oben." Er deutete mit dem Zeigefinger seiner rechten Hand auf eine vorbeiziehende Wolke. „Und jetzt macht euch aus dem Staub!"

Die zwei „verhinderten Deserteure" blickten ihn teils verunsichert, teils verschämt an. Beide murmelten noch einmal: „Danke!" und drehten sich um.

„Ach, noch etwas!", rief Pätzold ihnen plötzlich hinterher.

„Herr Hauptmann?"

„Versucht euren Kindern gute Väter zu sein!"

Auf dem Weg zu ihren Tornistern sagte der Kleinere: „Das mit unseren Kindern klang ja fast wie ein Befehl." Der Schlitzohrige kratzte sich an seinem stoppelbärtigem Kinn: „Sicher der letzte Befehl und wahrscheinlich einer der besten, die er je gegeben hat."

„Halt bloß die Klappe! Eigentlich sollten wir jetzt schon tot sein. Standgericht, Erschießungskommando und paff: Weg bist du!"

„Tja, Glück gehabt", antwortete sein Kamerad.

„Was heißt hier Glück? Pätzold ist ein prima Kerl. Wie der das Ding gedreht hat… "

„In dem Fall hast du wohl Recht, obwohl ich die meisten Offiziere immer für elende Leuteschinder gehalten habe."

Zu guter Letzt kam der Kompaniefeldwebel zu Pätzold. „Hauptfeldwebel Wittig meldet sich ab in die Heimat", sagte er. „Vielleicht sehen wir uns ja einmal wieder."

„Das hoffe ich doch sehr, Wittig. Spätestens auf einem der sicher irgendwann stattfindenden Regiments- oder Divisionstreffen."

„Über alle Grenzen hinweg!", entgegnete der Spieß.

„Sie sind ein verrückter, treuer Hund, Wittig."

„Hatten Sie daran jemals Zweifel?"

„Nicht einen Augenblick lang!"

18

Die Mehrheit der Männer ging danach einzeln oder in kleineren Gruppen nach Westen. Man wusste, welches Unglück Deutschland über Russland gebracht hatte und wollte deshalb nicht in russische Kriegsgefangenschaft kommen, da man die Rache für begangenes Unrecht fürchtete. Und die kam!

Manche Soldaten gingen jedoch in die östliche Richtung. Das waren zumeist Schlesier, aber auch einige Pommern und Ostpreußen, welche ihre Verwandten noch in der Heimat vermuteten. Darunter war auch Wolf. Er wusste nichts von der Vertreibung seiner Familie aus Alt-Seidenberg. Unterwegs kam er an einem einsamen Bauernhof vorbei. Er bat den Bauern, ihm im Tausch gegen seine Uniform, deren Tragen für ihn unter Umständen selbst nach dem Kriegsende negative Folgen haben konnte, alte, abgenutzte Zivilkleidung zu geben. Dieser lehnte jedoch ab: „Sie wollen doch wohl nicht wie ein Landstreicher in unpassender Kleidung durch die Gegend streifen. Sie sollten stolz sein, ein deutscher Soldat gewesen zu sein." „Der Krieg ist vorbei, du Idiot!", entgegnete Wolf und verließ den Hof, den hinter ihm her kläffenden Hund missachtend.

Nicht mehr weit von Alt-Seidenberg entfernt - er kannte schon alle Straßen und viele der Wege - griff ihn eine russische Militärpatrouille auf. Er hatte noch versucht, sich hinter einem am Wegesrand stehenden Baum zu verbergen, doch war schon gesehen worden. In Seidenberg verhörte man ihn nur kurz, dann wurde er zusammen mit anderen deutschen Männern in Mannschaftstransportern zuerst nach Brest-Litowsk und danach in ein Kriegsgefangenenlager bei Kowel transportiert.

Die Gefangenen hatten die Aufgabe, die von der Wehrmacht im Rahmen der Operation „Verbrannte Erde" im Krieg zerstörte Infrastruktur in der Stadt und deren weiterer Umgebung wieder aufzubauen: Fabriken, Bahnanlagen, Brücken. Es war harte Arbeit bei schlechter Ernährung, im Sommer in brütender Hitze, im Winter in eisiger Kälte. In dem Lager freundete Wolf sich mit einem jungen Fähnrich, der aus dem Sudetenland stammte, an. Er hieß Hans Schubert und war als begeisterter Nationalsozialist in den Krieg gezogen. Nun war er desillusioniert und zweifelte an sich selber. Sie führten lange Gespräche miteinander, abends nach der Arbeit und am Sonntag, dem einzigen freien Tag. Beide klammerten sich an die Hoffnung auf eine bessere Zukunft.

Wenn der eine unerträglichen Hunger hatte, gab ihm der andere etwas ab. Wenn einem eine Last zu schwer wurde, half ihm der andere, die Last zu tragen. Wenn einer in der Depression zu versinken drohte, munterte der andere ihn wieder auf. Man versprach sich gegenseitig, im Falle des Todes von einem von ihnen, die Familie des anderen zu suchen, um ihr die traurige Botschaft persönlich zu überbringen, denn man besaß wenig Vertrauen, dass eine schriftliche Mitteilung der Lagerverwaltung jemals die Adressaten erreichen würde.

Als sie wieder einmal beisammen saßen, sagte Wolf unvermittelt: „Musik und Sport!"

„Was meinst du damit?", fragte ihn der Fähnrich.

„Mein früherer Deutschlehrer hat das mal erwähnt. Mit Musik, meinte er, könnte man die besten Gefühle der Menschen ansprechen und mit Sport seine über-schüssigen Energien und auch seine Aggressionen in friedvollere Bahnen lenken. Unter Umständen muss man diese beiden, für die Menschen so wichtigen Bereiche nur auf die richtige Art und Weise in das gesellschaftliche Leben integrieren und würde so dazu beitragen, die Gefahr militärischer Auseinandersetzungen zwischen Völkern zu verringern. Was ist deine Meinung dazu?"

Schubert lächelte angesichts dieses Idealismus verlegen, wiegte seinen Kopf hin und her und entgegnete: „Manche Zeitgenossen würden dich als ziemlich naiv bezeichnen, Wolf, denn auch in früheren, alles andere als friedvollen Zeiten gab es schon Musik und sportliche Ertüchtigung. Und wer weiß schon, was richtig und falsch ist? Sowohl die Musik als auch der Sport können auch schrecklich missbraucht werden."

„Trotzdem! Wir dürfen nicht vor der Dummheit und Schlechtigkeit kapitulieren. Man sollte zumindest versuchen, das Miteinander der Nationen zu verbessern. Wenn man sieht, welche Fortschritte die Technik und die Naturwissenschaften gemacht haben, warum sollte das nicht auch in der Politik möglich sein?"

"Das stimmt! Aufgeben ist keine Option. Es käme auf den Versuch drauf an. Aber du musst zugeben, dass solche Gedankengänge vor allem auf Seiten der Verlierer angestellt werden. Die Sieger schwelgen eher im Übermut."

„In einem Krieg gibt es eigentlich nur Verlierer, Hans."

„Na ja, es kann schon sein, dass dieser Krieg uns alle etwas mehr zur Vernunft gebracht hat. Die Zukunft wird es zeigen."

Schubert blickte auf die Fenster der Gefangenenbaracke, an denen heftige Windböen rüttelten. Draußen hatten sich innerhalb kurzer Zeit turmhohe Wolkenberge gebildet. Gegen die Scheiben prasselten als Vorboten eines heftigen Gewitters dicke Regentropfen. Im Stillen dachte er: „Wie gerne würde ich meine Skepsis gegen deinen Optimismus eintauschen."

Nach elf Monaten bekam Wolf Wasser in seine Beine. Er arbeitete weiter, das Wasser stieg in seinem geschwächten Körper höher und höher. Viel zu spät kam er in ein Gefangenenhospital in Kowel. Dort betreute ihn eine junge Krankenschwester, die aussah wie ein ukrainisches Bauernmädchen mit blonden Haaren, hervorstehenden Wangenknochen und warmen braunen Augen. Ihr einziger Bruder war nicht aus dem Krieg heimgekehrt. Sie wusste nicht, ob ihn eine Granate zerfetzt hatte, ein über seinem Kampfstand „tanzender" deutscher Panzer zermalmt hatte oder er in einem deutschen Kriegsgefangenenlager umgekommen war. Sie brachte Wolf morgens, mittags und abends seine Medizin und sein Essen, erneuerte Umschläge und stützte ihn auf seinen Toilettengängen. Manchmal saß sie minutenlang an seinem Bett und blickte ihn unverwandt an. Der Zustand des Patienten wurde jedoch immer schlechter. Die verabreichte Medizin half nicht mehr.

Eines Abends nach dem Essen saß sie wieder an seinem Krankenlager und schaute ihn unverwandt an. Sie wusste jetzt, dass er sterben würde. Die in den Nachbarbetten liegenden Gefangenen schienen zu schlafen. Plötzlich ergriff sie seine Hand, drückte sie fest und führte sie an ihre Brust. Dann stand sie auf, streichelte über sein Gesicht und küsste seine schweißnasse Stirn. Auf leisen Sohlen verließ sie daraufhin den Krankensaal.

Wolf lag in seinem Bett und blickte zum Fenster hin. Die dort oben am Himmel funkelnden Sterne standen in krassem Widerspruch zu der Unvernunft der Menschheit hier unten. Der einzelne Mensch, so dachte er, ist nur ein Staubkorn in den unendlichen Weiten des von einer unsichtbaren Autorität regierten Weltalls und doch jeder für sich ein Mikrokosmos, gefangen in einem Geflecht aus Liebe und Hass, Opferbereitschaft und Egoismus, Weisheit und Dummheit, Großmut und Kleinmut. Tränen der Reue und der Hilflosigkeit rannen über seine Wangen. Ein Woche später starb er, das Wasser hatte sein Herz erreicht. Er wurde in fremder Erde auf einem Soldatenfriedhof vor den Toren Kowels beerdigt.

Kurz vor seinem Tod war sein Freund Hans noch einmal bei ihm gewesen. Dem hatte er eine letzte Karte (Briefe in verschlossenen Umschlägen hatte die Lagerverwaltung untersagt) an seine Familie diktiert. Selber schreiben konnte er schon nicht mehr. Auf der Karte hatte er seine Liebe für seine Familie zum Ausdruck gebracht und sie gebeten, ihm all das zu verzeihen, womit er ihnen sicher in der Vergangenheit Kummer zugefügt habe, denn er meinte, in seiner Jugend oft über die Stränge geschlagen zu haben. Er bat sie, seine Schwestern, besonders Freya, von ihm zu grüßen. Im Glauben auf ein gnädiges Jenseits hoffe er, sie irgendwann wiederzusehen. Die Karte erreichte die Familie jedoch nie.

19

Nachdem Freya einem halben Tag umhergeirrt war, saß sie mutterseelenallein und verzweifelt am Rande einer

Landstraße im Gras. Sie hatte den Anschluss an den Flüchtlingstreck verloren. Sie wusste nicht, wohin sie sich wenden sollte, als zwei russische Mannschaftswagen an ihr vorbeifuhren. Der zweite Wagen hielt nach etwa fünfzig Metern an und setzte zurück. Sie verstand nicht, was der Beifahrer ihr zurief. Ängstlich stand sie auf. Nach einigen Momenten stieg der Mann aus, schob sie zu der Wagentür und hob sie in die Fahrerkabine. Dann fuhren sie weiter. Sie saß zwischen dem Fahrer und seinem Beifahrer, die sie angrinsten. Sie lächelte zaghaft zurück. Man hatte ihr beigebracht, dass man zu Menschen, die einem freundlich gegenübertraten, auch selber freundlich sein sollte.

Die beiden Männer hatten ihre Frauen in ihren Heimatdörfern hinter dem Ural schon lange nicht mehr gesehen. Und jetzt saß diese junge Frau mit den blonden Haaren und dem unschuldigen Blick zwischen ihnen. Ein Offizier, der ihnen Einhalt hätte gebieten können, war nicht vor Ort. Sie sprachen miteinander und lachten laut auf. Kurz darauf hielt der Fahrer an. Sie stiegen aus, holten Freya ebenfalls aus dem Fahrzeug, zogen dem sich heftig wehrenden Mädchen die Kleider vom Leib und vergewaltigten es. Sie waren dabei nicht über Gebühr brutal, sondern wendeten nur so viel Gewalt an wie nötig, um ihr Ziel zu erreichen. Der Jüngere drohte Freya zwar mit der erhobenen Faust, beließ es jedoch bei der Drohung. Der Ältere von ihnen streichelte und küsste die nun hemmungslos Weinende sogar, weil er glaubte, sie so beruhigen zu können. Dann wies man Freya an, sich wieder anzukleiden und brachte sie zum Gefechtsstand des russischen Regiments. Mit Hilfe eines Dolmetschers wurde sie dort verhört. Man erfuhr, dass sie mit ihrer

Familie geflüchtet war, diese jedoch auf der Flucht verloren hatte.

Die Offiziere beratschlagten sich. Sie betrachteten sich nicht als eine Organisation für Familienzusammenführung. Das Russische Rote Kreuz und den Kinderschutzbund vertraten sie ebenfalls nicht. Vor allem aber waren sie durch die Jahre des Krieges skrupelloser geworden als jemals zuvor in ihrem Leben.

Da es unter Stalin keine Militärbordelle geben durfte, versuchte man, in der sowjetischen Armee auf anderem Wege in versteckter Form Sexualität auszuleben. Man gab sich die Adressen von Frauen, die sich oft aus purer Not, etwa um ihre Kinder zu ernähren, prostituierten, von Hand zu Hand weiter. Davon profitierten insbesondere die höheren Dienstgrade, die über genügend Geld und andere Mittel verfügten. Bei den einfachen Soldaten kam es zu massenweisen Vergewaltigungen von Frauen der nun besiegten Deutschen.

Freya war zunächst völlig verwirrt und todunglücklich, dachte daran, sich in den nächsten Fluss zu stürzen. Doch ein russischer General nahm sich ihrer an. Seine Division wurde in die Tschechoslowakei verlegt und er nahm das Mädchen mit, denn es sah lieb aus und hatte Manieren. Sie schien zwar etwas einfältig zu sein, doch für den Zweck, den der Offizier im Sinn hatte, war das kein Hindernis, eher ein Vorteil. So dachte er. Er besorgte ihr eine Unterkunft bei einer älteren, erfahrenen Prostituierten. Die hatte die Aufgabe, sich um ihre neue Mitbewohnerin zu kümmern und ihr das Leben wieder erträglicher zu machen. Sie tat dies, indem sie mit der hilflosen, verängstigten 17-Jährigen freundlich umging und ihr immer wieder erklärte, dass das Leben sicher irgendwann wieder seinen normalen Gang nehmen würde und sie dann zu ihrer Familie zurückkehren könne. Bis dahin müsse sie jedoch dem Anliegen des Generals Folge leisten.

Den Wünschen ihres „Gönners" wollte Freya jedoch nicht entsprechen. Wenn der sie besuchte, lag sie jedes Mal da wie ein Stock und wimmerte vor sich hin. Auch die gutgemeinte Unterrichtung der älteren, erfahrenen Frau konnte daran nichts ändern. Der General war kein Unmensch, doch seine Geduld hatte Grenzen. Als sich auch nach zwei Monaten keine Verhaltensänderung des Mädchens abzeichnete, wies er seinen Fahrer an, Freya nach Görlitz zu bringen, da sie mehrfach davon gesprochen hatte, dass dort eine Tante von ihr wohne.

Der Fahrer war jedoch ein Halunke. Auf der Fahrt fuhr er an mehreren Bauernhöfen vorbei und fragte, ob man eine junge Magd gebrauchen könnte, die außer einem an ihn zu zahlenden Preis nichts kosten würde. Der dritte Bauer willigte ein, denn die Ernte war einzubringen und die vorherige Magd war davongelaufen.

Freya bekam eine Kammer neben dem Stall zugewiesen. Außerdem gab man ihr Kleidung und Schuhe, die sie für die Arbeit auf dem Hof benötigte. Zuerst wollte die Bäuerin sie auch im Haushalt helfen lassen. Freya war jedoch zu ungeschickt. Zweimal ließ sie Geschirr fallen. Auch das Mangeln und Bügeln dauerte der Bäuerin viel zu lange. Zu Hause waren diese Dinge von der Mutter und dem Dienstmädchen erledigt worden. Also ließ man sie von früh bis spät auf dem Feld und im Stall arbeiten.

An einem schwülen Spätsommerabend war sie damit beschäftigt, benutzte Gerätschaften nach der Arbeit wieder an den für sie vorgesehenen Platz zu bringen, als sich der Bauer ihr von hinten näherte. Sie nahm an, er ihr helfen wollte. Doch plötzlich schlang er seine Arme um ihren Körper und versuchte sie in eine Ecke zu ziehen. Laut aufschreiend riss sich Freya los und rannte ins Freie. Sie traute sich jedoch nicht, der Bäuerin von dem Vorfall zu erzählen, da sie Angst hatte, keiner würde ihr glauben. Das hätte sie jedoch besser tun sollen, denn in den folgenden zwei Wochen versuchte der Mann noch drei Mal, sich ihr unsittlich zu nähern. Er versuchte ihr den Rock hochzuziehen und griff nach ihren Brüsten.

Beim dritten Mal sah zufälligerweise die Bäuerin aus dem kleinen Fenster eines Abstellraumes und wurde so unerwartet Zeugin, wie ihr Mann hinter dem Haus das Mädchen bedrängte. Sofort ergriff sie einen Besen, stürzte aus dem Haus und begann auf ihren Mann einzuschlagen. Sie war eine große, stämmige Frau mit einem breiten, derben Gesicht, die, wenn sie einmal in Wut geraten war, jedem Mann Angst einflößen konnte. Ihr Mann konnte sich nur retten, indem er auf seinen dürren Beinen, so schnell er konnte, weglief, denn wortreiche Ausflüchte wären hier völlig fehl am Platze gewesen. Am nächsten Tag gab die Frau des Bauern Freya etwas Geld und forderte sie auf, den Hof zu verlassen.

Und wieder stand sie ganz auf sich gestellt am Rande einer Landstraße. Den Weg zum nächsten Bahnhof hatte ihr die Bäuerin erklärt, doch sie hatte noch nie alleine eine Bahnfahrt unternommen. Sie wusste auch nicht, ob es überhaupt eine direkte Verbindung aus der Tschechoslowakei nach Görlitz gab. In der Nachkriegszeit waren viele Gleisstrecken noch nicht wieder befahrbar. Wahrscheinlicher war, dass sie gezwungen sein würde, ein- oder zweimal umzusteigen. Sie war heillos überfordert und hatte Angst.

Dieses Mal hatte sie jedoch Glück. Sudetendeutsche, die wie die meisten Schlesier ihre Heimat verlassen mussten, nahmen sich des so unglücklich dreinschauenden Mädchens an. Sie wollten nach Leipzig, wo entfernte Verwandte wohnten. Da ihr Weg sie über Görlitz führte, konnten sie Freya bis dorthin auf dem Leiterwagen mitnehmen.

Die Eltern und Christlen waren inzwischen über Umwege nach Berlin gelangt. Dort wohnten sie in zwei Räumen eines Kellers, über ihnen die Ruine des zerstörten Hauses. Sie hatten der Tante Elisabeth in Görlitz gleich zu Beginn einen Brief geschrieben, in dem sie die vage Hoffnung zum Ausdruck brachten, dass Freya irgendwann bei ihr auftauchen könnte. Die Tante möge sie dann bitte sofort informieren. Der Vater würde kommen und das Mädchen abholen. Tante Elisabeth nahm nach der überraschenden Ankunft Freyas auch umgehend Kontakt mit ihnen auf, der Vater kam und so gelangte Freya ebenfalls in die ehemalige Reichshauptstadt.

20

Zweieinhalb Jahre verbrachte die Familie in Berlin. Anna-Luise und ihre Töchter betätigten sich tagsüber als Trümmerfrauen, die den Schutt von der Straße und aus den Hinterhöfen entfernten und noch brauchbare Steine aus den Ruinen auf den Bürgersteigen stapelten. Der Vater versuchte, auf Schwarzmärkten Essbares und andere für das Dasein notwendige Dinge zu ergattern. Als Tauschobjekte führte er in den Jackentaschen silbernes Besteck und Schmuck mit, Dinge, die man in

Alt-Seidenberg in Kleidungsstücke eingenäht hatte. Hier sicherten sie das Überleben. Sie hatten noch immer nichts über das Schicksal von Wolf erfahren und schwankten zwischen Hoffnung und Verzweiflung.

Christlen bekam bald einen Studienplatz in Bonn, um ihre Lehrerinnenausbildung fortzusetzen. Ihr Studium finanzierte sie sich durch meist schlecht bezahlte Aushilfsjobs. Rotraut fand eine Stelle als Krankenschwester in derselben Stadt. Nebenbei besuchte sie als Gasthörer an der Hochschule Veranstaltungen des Studienfaches Politik. Da sie meist als Nachtschwester arbeitete, konnte sie dort die sie interessierenden Seminare und Vorlesungen besuchen.

Die Eltern, die nicht vorhatten, ihre beiden ältesten Töchter durch allzu große Nähe einzuengen, sie aber auch nicht zu weit von sich entfernt wissen wollten, zogen nach zwei Jahren in das nur etwa 50 km südlich von Bonn gelegene Eifelstädtchen Mayen. Freya allerdings, die durch ihre unfreiwillige Odyssee in der Tschechoslowakei immer noch verwirrt und verunsichert war, nahmen sie mit nach Mayen.

Zunächst waren die Eltern Gersdorff und Freya in einer für Flüchtlinge aus dem Osten errichteten Baracke untergebracht, in der außer ihnen noch zwei weitere Familien wohnten. An einem verregneten Samstagmorgen klingelte ein junger Mann an der Tür der Notunterkunft. Er war einer jener Männer, die in den Nachkriegsjahren zu Tausenden vor fremden Türen standen, um eine traurige Nachricht zu überbringen. Der junge Mann hieß Hans. Er stand da mit hängenden Schultern und gesenktem Kopf. Was er nun tun musste, tat er - wie alle die anderen vor ihm und nach ihm - nicht gern. Aber er hatte es versprochen!

Anna-Luise lief zur Tür. Sie bekamen in dieser Zeit nicht oft Besuch. Aber wenn es klingelte, hatte sie sich angewöhnt, nicht zur Tür zu gehen, sondern zu laufen. Die Unkenntnis über das Schicksal ihres Sohnes hatte sie in einen Zustand ständiger Unruhe versetzt. Hans nahm seinen Hut ab und blickte die Mutter seines Freundes aus unglücklichen Augen an. „Liebe Frau von Gersdorff, meine Name ist Hans Schubert und ich bin heute zu Ihnen gekommen, um Ihnen die traurige…" Schon bei seinen ersten Worten, sah er im Gesicht der Frau in schneller Abfolge erst Angst, dann flehentliches Bitten und schließlich abgrundtiefe Verzweiflung. Die letzte Nachricht ihres Sohnes, das war offensichtlich, hatten die Eltern nie erhalten.

Bevor Hans weitersprechen konnte, schrie sie: „Gerhard! Gerhard!" Ihr Mann erkannte an ihrem durchdringenden Hilfeschrei sofort, dass sich etwas Schlimmes ereignet haben musste. Er rannte in den Flur und als er den jungen Mann dort stehen sah, wusste auch er, dass das, was er seit geraumer Zeit befürchtet hatte, nun zur Gewissheit wurde. Er bat Hans, in dem sparsam möblierten Wohnzimmer Platz zu nehmen.

Während die Mutter hemmungslos weinte, wollte Gerhard v. Gersdorff alles über seinen Sohn in Erfahrung bringen, so als glaubte er, ihn dadurch ein letztes Mal festhalten zu können.

„Wo genau befand sich das Kriegsgefangenenlager?"
„Warum ist er nach dem Kriegsende nicht nach Westen in die amerikanische Zone gegangen?"
„Ist er im Krieg verwundet worden?"
„Was für Arbeiten musstet ihr in dem Kriegsgefangenen-lager verrichten?"

„Wie hatten sie sich angefreundet?"

„Wurdet ihr anständig oder niederträchtig behandelt?"

„Woran ist er gestorben?"

„Warum ist er nicht rechtzeitig medizinisch behandelt worden?"

Und am Schluss: „Glauben Sie, er war ein guter Soldat?"

Und Hans antwortete: „Nach allem, was ich weiß, war er das, Herr von Gersdorff."

Die Mutter hatte ein kleines Bild von der Wand genommen. Darauf konnte man einen kleinen Jungen in Lederhosen sehen, der schüchtern in die Kamera lächelte. Sie stellte nur eine einzige Frage, die Frage, welche für sie die wichtigste überhaupt war. „Starb Wolf im Glauben an Jesus Christus?" Hans zögerte. Er wollte die richtigen Worte finden. Dann erinnerte er sich an Wolfs letzten Brief. „Er starb im Glauben auf ein gnädiges Jenseits. Er hoffte, Sie und Ihre ganze Familie dort wiederzusehen." Jetzt zuckte es auch für einen Moment im Gesicht des letzten Majoratsherrn auf Alt-Seidenberg.

Sie boten Hans an, über Nacht zu bleiben. Hans sagte jedoch, nicht weit weg wohne ein anderer ehemaliger Kriegskamerad. Den wolle er noch treffen und würde dann dort übernachten. Das war eine Notlüge. Er wollte die trauernden Eltern aber jetzt lieber alleine lassen. Seine Mission war erfüllt und ein Bleiben in dieser Situation unangebracht. Beim Abschied nahm er die Mutter kurz in den Arm und drückte dem Vater die Hand. Schon in der Tür drehte er sich noch einmal um und zog aus der Brusttasche seines Mantels einen Briefumschlag heraus, den er dem Vater in die Hand gab. In dem Briefumschlag befand sich eine Kopie der Karte ihres

Sohnes, die er vorsorglich angefertigt hatte. „Als Andenken!", sagte er.

Gerhard blickte in seine Augen. „Sie sind ein wirklich guter Freund!"

„Er hätte dasselbe für mich getan", war seine Antwort. Hans nahm noch am frühen Nachmittag den Zug zurück nach Frankfurt.

Man sagt, die Zeit heilt alle Wunden. Doch das stimmt nicht! Manche Wunden bleiben immer offen. Tagsüber kannst du den Schmerz vielleicht durch Arbeit verdrängen oder bei Vergnügungen eine kurze Zeit beiseiteschieben, doch nachts, wenn du mit offenen Augen im Bett liegst und nur der kalte Mond in dein Zimmer hineinleuchtet, dann kommt er unvermindert zurück. Dann ist es gut, wenn du nicht alleine bist, sondern ein Mensch neben dir liegt. Anna-Luise hatte zuvor ihr Bett auf die eine Seite des Schlafzimmers gestellt und das Bett ihres Mannes auf die andere Seite. Doch jetzt schob sie beide Betten in der Mitte des Raumes zusammen. Und immer, wenn sie nachts aufwachte und qualvolle Gedanken sie heimzusuchen begannen, dann griff sie nach dem Arm ihres Mannes. Das ließ den Schmerz nicht gänzlich verschwinden, aber die Hand, welche den Druck ihrer Hand erwiderte, gab Trost.

Es gibt verschiedene Arten, mit Trauer umzugehen. Anna-Luise fand Trost im christlichen Glauben. Sie war eine treue Kirchgängerin. Der Pfarrer, der es liebte, die Dinge auf den Punkt zu bringen, hatte einmal in einer seiner gefühlsbetonten Predigten gesagt, dass der größte Triumpf des Teufels sei, viele Menschen davon überzeugt zu haben, dass es ihn gar nicht gäbe. Zu diesen

Menschen wollte Anna-Luise auf keinen Fall gehören, denn der Teufel hatte ihr den Sohn und die Heimat genommen. Und Gott zu leugnen, hielt sie für eine unfassbare Anmaßung menschlicher Überheblichkeit.

Ihr Mann, der sich selber nicht als Christ im engeren Sinn betrachtete und dem der seiner Meinung nach ölige, selbstgefällige Tonfall mancher Kleriker ein Gräuel war, der aber dennoch an das Unerklärliche glaubte, fand Kraft in der Natur. Auf langen Wanderungen mit seinen Freunden im Eifelverein oder allein, durch Täler und über Berge, vorbei an grünen Weiden und goldgelben Getreidefeldern, fand er die innere Ruhe, die er suchte. Er wusste, dass es den Himmel und die Hölle gab. Doch nicht dort oben oder dort unten, - nein, die gab es auf dieser Welt im Dasein der Menschen. Die einen lebten in einem dauerhaften Glückszustand, die anderen in innerer Dunkelheit und Pein. Ebenso meinte er, das Gute und das Schlechte, Gott und den Teufel, erkannt zu haben. Die gab es in der Seele jedes einzelnen Menschen zu unterschiedlichen Anteilen. Und über allem waltete eine unerklärliche Macht, der man sich unterzuordnen hatte.

Denjenigen, welche sich in friedvollen, sorgenfreien Zeiten einredeten, der Homo Sapiens sei primär vernünftig und gut, brachte er kein Verständnis entgegen. Er bedauerte solche Menschen, denn er hielt diese Denkweise für äußerst naiv. Sie taugte höchstens dazu, sich selber für eine Weile glücklicher zu fühlen.

Regelrecht verachten tat er allerdings diejenigen, die im Großen und in der Öffentlichkeit, z.B. in der Politik, immerzu das Schöne, Gute und Ideale im Munde führten, aber im Kleinen, d.h. in ihrem eigenen banalen Leben, allzu oft nur rücksichtslos ihren persönlichen Vorteil suchten. Aus Erfahrung wusste er, dass die Zugehörigkeit zu bestimmten gesellschaftlichen Gruppierungen oder Parteien möglicherweise Rückschlüsse auf das Selbstbild der betreffenden Zeitgenossen ermöglicht, aber nur bedingt ihren wahren Charakter zum Ausdruck bringt. Gleichwohl gestand er seinen Mitmenschen einen gewissen natürlichen, letztlich lebenserhaltenden Egoismus zu, hielt er sich doch selber nicht für ein immer und überall ausschließlich moralisch handelndes Individuum.

Beide Eheleute einte die Überzeugung, dass es eine letztendliche, überirdische Gerechtigkeit gibt, welche auf das Gute und das Böse im Tun und Denken eines jeden Menschen antwortete. Irdische Gesetze und Strafen waren nur das Vorspiel und häufig genug fehlerhaft. Die Ansicht, man könnte die letzte Instanz einfach leugnen und sich stattdessen ganz auf die weltliche Gerechtigkeit verlassen, betrachteten sie als Hybris und darüber hinaus für sehr gefährlich. In allen Kulturen der Welt hatte die Angst vor einer göttlichen Bestrafung schon immer das Schlechte im Menschen im Zaum gehalten, während die Angst vor einer weltlichen Bestrafung viele Übeltäter weniger schreckte, meinten diese doch, ihr eher ausweichen zu können. Die größte Gefahr, so dachten Gerhard und Anna-Luise, sei stets von denen ausgegangen, die nur an sich selbst und ihre atheistische Weltsicht glaubten, in der großen Politik wie im eigenen Dasein.

Sie wussten natürlich, dass in der Vergangenheit auch viel Unrecht im Namen von Religionen geschehen war, vertraten allerdings den Standpunkt, dass dies weniger dem jeweiligen Glauben angelastet werden konnte, sondern der ambivalenten Natur des Menschen, deren negative Seite sich von Zeit zu Zeit Bahn brach. Religion hatte dann lediglich eine Alibifunktion.

21

Am 14. August 1952 beschloss die Regierung Adenauer das Lastenausgleichsgesetz. Dieses Gesetz hatte zum Ziel, Deutschen, die infolge des Zweiten Weltkrieges und seiner Nachwirkungen Vermögensschäden oder bestimmte andere gravierende Nachteile erlitten hatten, eine finanzielle Entschädigung zu gewähren. Gerhard v. Gersdorff und seine Frau erhielten 30 000 DM, - 30 000 DM für ein Gut mit Wohngebäuden, Stallungen, Vieh, Maschinen und 351 ha selbst bewirtschaftetem und verpachtetem Land.

Von den 30 000 DM kauften sich Gerhard und Anna-Luise eine 3 1/2-Zimmer-Eigentumswohnung, in die man dann umzog. Gerhard bemühte sich auch, Arbeit zu finden. Aber wer wollte schon einen 61-jährigen Mann mit einem verkrüppelten Arm? Und Platzanweiser im Theater oder Pförtner wollte er nicht sein. Dazu war er zu stolz. Also lebte man von der schmalen Hauptmannspension aus seiner Berufsoffizierszeit und einer kleinen Rente der Altersversicherung für frühere Landwirte.

Christlen und Rotraut hingegen genossen in den folgenden Jahren auch ohne viel Geld ihr relativ freies Leben nach dem Krieg. Sie begingen all die Torheiten ihrer Zeit und ihrer Generation. Sie rauchten, tranken, liebten, feierten Partys und debattierten in Studentenkneipen bis in die frühen Morgenstunden über Politik. Sie verloren sich selbst und fanden sich wieder.

Regelmäßig besuchten sie aber auch ihre Eltern und ihre Schwester in Mayen. Bei diesen Besuchen kam es in der ansonsten eher stillen Wohnung mitunter zu teilweise lebhaften Diskussionen.

„Kein schlechtes Geschäft, wenn man den Lastenausgleich mit der entschädigungslosen Enteignung der Gutsbesitzer in kommunistischen Ländern vergleicht", befand Gerhard sarkastisch, als alle Familienmitglieder mal wieder beisammen saßen. „Im Übrigen ist die von Bundeswirtschaftsminister Erhard propagierte soziale Marktwirtschaft hier im Westen aber durchaus einen Versuch wert."

„Mal sehen, ob der soziale Gedanke lange überlebt", meinte seine politisch interessierte Tochter Rotraut.

Gerhard verstand die Zweifel seiner Tochter: „Da bin ich wie du skeptisch. Mit der Zeit werden sich Arm und Reich wieder voneinander entfernen. Das liegt an den Menschen selber, weil sie sehr unterschiedlich sind."

„Dann muss der Staat als Gesetzgeber eben regulierend eingreifen, z.B. mit Hilfe von Steuergesetzen.", wandte Christlen ein.

„Und was ist, wenn diejenigen, die über Geld und wirtschaftliche Macht verfügen, schließlich auch den größten Einfluss auf die Gesetze haben?", fragte Rotraut.

„Soweit darf es erst gar nicht kommen", antwortete ihre idealistische Schwester.

Nach einer kurzen Pause sagte Gerhard: „Mit den Steuergesetzen ist das so eine Sache. Eigentlich zahlen die Reichen ja schon die meisten Einkommensteuern und dann sollen sie über die Vermögenssteuer nochmal zusätzlich zur Kasse gebeten werden. Auch die Erbschaftssteuer bezieht sich ja auf Vermögen, das vorher schon besteuert worden war. Schließlich ist der betreffenden Familie ja ihr Vermögen nicht in den Schoß gefallen, sondern sie haben es im Normalfall durch Arbeit oder auch durch Cleverness - persönlich, familiär oder generationenübergreifend - erworben. Aber ich verstehe natürlich, dass viele arme Schlucker, die gar keine Familie haben oder die Familie schon dreimal gewechselt haben, unter Umständen hier anders empfinden. Ich hoffe aber, ihr wisst, zu welcher Gruppe von Menschen ihr gehört." Er blickte sie bei diesen Worten vielsagend an und fuhr fort: „Auf jeden Fall ist diese Mehrfachbesteuerung nur bedingt gerecht, auch wenn die Sozialisten nicht müde werden in dem Zusammenhang ständig von Gerechtigkeit zu reden, ohne vor anderen und, was noch schlimmer ist, vor sich selbst einzugestehen, dass dieses mit Vehemenz vorgetragene Gerechtigkeitspostulat zu einem guten Teil auf durchaus banalen, menschlichen Neidgefühlen basiert. Man sollte zudem bedenken, dass bei solchen Steuergesetzen die Leistungswilligen ihre produktive Energie auf ein Minimum zurückfahren, da sie nicht einsehen, letztlich für einen fragwürdigen staatlichen Umverteilungs-schlüssel zu arbeiten. Und das Land kann nun mal auf solche Leistungsträger schlecht verzichten." Das war eine für Gerhard eigentlich unüblich lange Rede, aber offensichtlich hatte er sich über das Thema schon des Öfteren Gedanken gemacht.

Christlen tat erstaunt. „Können wir aus deiner Vorlesung schließen, dass unsere Eltern ihren Kindern mal mindestens jeweils ein Million DM vererben?"

Ihr Vater musste lachen. „Wenn ihr Glück habt, bekommt ihr nach unserem seeligen Ableben jeweils ein Drittel des Verkaufspreises dieser bescheidenen Eigentumswohnung. Außerdem bin ich für potentielle Arbeitgeber kein Leistungsträger mehr. Mich will keiner mehr. Wir sind jetzt ziemlich arme Flüchtlinge. Aber auch früher waren wir nie richtig reich. Das hat aber alles nichts mit meinen inneren Einstellungen zu tun."

Die Replik von Rotraut kam prompt: „Du bist und bleibst der alte Konservative, Papa. Die Ablehnung jeder gesellschaftlichen Veränderung führt bekanntlich immer wieder zu einem langsamen Öffnen der Schere zwischen Arm und Reich, bis schließlich eine Revolution, bei der erst mal alles den Bach runter geht, die Verhältnisse radikal umkehrt. Dann hätte der gute, alte Marx ja recht behalten."

„Nun mal langsam." Gerhards tiefliegende Augen blinzelten hintersinnig „Eigentlich liegen unsere Einstellungen gar nicht so weit auseinander. Selbstverständlich will auch ich keine Gewalt, keine Revolution und darüber hinaus natürlich auch keine Korruption. Ich wollte nur einmal die Kehrseite der von euren, zumeist linken Professoren angepriesenen Maßnahmen aufzeigen und euren steuerpolitischen Horizont etwas erweitern. Im Prinzip bin ich ja auch der Meinung, dass über die Steuer der gesellschaftliche Zusammenhang gewahrt werden kann und muss. Allerdings sollte man hier nicht zu extrem vorgehen, sonst geht der Schuss nach hinten los."

Rotraut war noch nicht ganz zufrieden. Deshalb fügte sie hinzu: „Außerdem gibt es auch viele - wie du es nennst - Leistungsträger in unserer Gesellschaft, die nie zu den Reichen gehören werden, weil sie dafür viel zu wenig verdienen."

„Natürlich gibt es die! Viele verdienen eindeutig zu wenig, andere eindeutig zu viel, gemessen an der tatsächlichen Leistung, die sie erbringen. Deshalb sollte die Politik auch hier einige Pflöcke einschlagen. Mindestlöhne, Obergrenzen für Vorstandgehälter usw." Christlen zog scheinbar ungläubig die Augenbrauen hoch. „Aber Papa, bist du jetzt Kommunist geworden? Solche Aussagen habe ich dir gar nicht zugetraut."

„Ich habe zwar nie eine Universität von innen gesehen, liebe Chrissy. Aber ich glaube, ich muss dir mal den Unterschied zwischen einem profitgierigen Kapitalisten, einem werteorientierten Konservativen und einem wirklichkeitsfernen Sozialromantiker erklären. Außerdem bin ich als einfacher Mann vom Land sowieso der Meinung, dass es neben dem schnöden Mammon noch ganz andere Dinge gibt, die es zu beachten gilt, zum Beispiel die Natur, die Tierwelt, ja ganz allgemein unsere Lebensgrundlage. Darüber sollten wir..."

„Jetzt mal Schluss mit eurem Gerede! Hört bitte auf zu politisieren. Ich habe zwei so schöne Torten gebacken und ihr unterhaltet euch über Steuergesetze, Kapitalismus und Tiere", beklagte sich Anna-Luise. Sie blickte ihre Töchter an. „Erzählt lieber mal, was ihr in Bonn so treibt. Gibt es dort denn einige interessante Männer?"

22

Am Anfang wohnte auch noch Tante Elisabeth mit in den dreieinhalb Zimmern. Sie wollte nicht in einem kommunistischen deutschen Staat leben und war deshalb ebenfalls in den westlichen, nichtkommunistischen Teil Deutschlands übergesiedelt. Da die Wohnverhältnisse jedoch somit recht beengt waren und bekanntermaßen die Befindlichkeiten einer ehemaligen emanzipierten

Studienrätin und einer ehemaligen Gutsherrin, die gewohnt war Anweisungen zu geben, nur in Ausnahmefällen wie gut geölte Zahnräder ineinandergreifen, kam es alsbald zu gewissen Disharmonien. Dies bewog die pensionierte Lehrerin - zum deutlich demonstrierten Bedauern ihres Bruders - wieder in eine eigene, dieses Mal kleinere Wohnung als in Görlitz zu ziehen. Das hinderte die beiden Damen allerdings nicht daran, sich nach relativ kurzer Zeit wieder gegenseitig zum Kaffee einzuladen. Man war ja nicht nachtragend!

Rotraut heiratete sehr bald einen Jurastudenten. Sie bekam schnell hintereinander vier Söhne. Eigentlich war der Student zunächst mit ihrer Schwester Christlen befreundet gewesen. Die beiden waren sich im Studium begegnet und Christlen hatte ihm zu einem um den Hals gehängten „Bauchladen" verholfen. Wie sie verkaufte er dann vor Fußballstadien, Messen und anderen Großveranstaltungen Zigaretten, Schokolade und Schnapsfläschchen, um sein Studium zu finanzieren. Sehr bald hatte er sich dann allerdings unsterblich in die noch etwas hübschere Rotraut verliebt. Die Folge war, dass die beiden Schwestern überlegten, ob sie nun wieder, wie in Kindheitstagen, zumindest eine Zeit lang vom „Du" auf das „Sie" umschwenken sollten. Durch die einfühlsame Vermittlung ihrer Mutter blieb es dann jedoch bei einem beiderseits vernunftgesteuerten „Du". Wo die Liebe halt hinfällt…!

Christlen bewies auch danach, was Männer anging, zunächst kein allzu glückliches Händchen. Einmal war sie sogar verlobt gewesen, doch nach einer mehrjährigen Verlobungszeit voller Zweifel hatte sie die Verbindung wieder aufgelöst. S später ging sie dann eine Ehe mit einem Kunstmaler ein. Diese Verbindung schließlich erwies sich als überaus glücklich. Eigene Kinder bekam sie aber nicht mehr.

Freya hingegen hatte mittlerweile eine Stelle als Hilfskraft in einem Altenheim bekommen. Die Leiterin des Altenheims schätzte ihre Zuverlässigkeit und ihren Umgang mit den alten Menschen. Sie hatte zwar ihre Zweifel, ob die junge Frau aufgrund ihrer geistigen Einschränkungen die von ihr angestrebte Ausbildung zur Altenpflegehelferin schaffen würde, doch Freya belehrte sie eines Besseren. Durch großen Fleiß erreichte sie ihr Ziel.

Ihr zweiter Wunsch, nämlich zu heiraten und eventuell Kinder zu bekommen, blieb jedoch unerfüllt. Junge Männer, die zunächst nur ihr nettes Äußeres sahen, nahmen sehr schnell ihre mentale Behinderung wahr und distanzierten sich wieder. In der Nachkriegszeit gab es für die aus dem Krieg zurückgekehrten jungen Männer ohnehin keinen Mangel an heiratswilligen Frauen.

Freya sprach mit ihren Eltern gerne über ihre unbeschwerte Kindheit in Alt-Seidenberg, obgleich diese Unterhaltungen immer einen melancholischen Unterton hatten. Sie erwähnte dabei oft Albert, den Sohn des Schweizers und ihr Bräutigam aus Kindheitstagen, den sie nie vergessen hatte. Irgendwann mussten die Eltern ihr jedoch sagen, dass dieser bei der das Ende des Krieges einläutenden, großen Sowjetoffensive im Januar 1945 nahe Brieg gefallen war. Seine Mutter hatte es ihnen geschrieben.

23

Kurz darauf bekam Freya eine fixe Idee. Sie wollte nach England, koste es, was es wolle. Dort könnte sie unter Umständen nicht nur als Altenpflegehelferin, sondern nach einer zusätzlichen Ausbildung als vollwertige Altenpflegerin arbeiten und darüber hinaus ihr schlechtes Schulenglisch ausbauen und sicher irgendwann, wie ihre Schwester Christlen, die Anglistik studierte, richtig Englisch sprechen. Die ganze Familie versuchte, ihr dieses Ansinnen auszureden. Es half nichts. Sie hatte sich informiert. In England suchten sie händeringend Arbeitskräfte für ihre Krankenhäuser und Altersheime, sagte sie. Da sie sich nicht von ihren Wunschgedanken abbringen ließ, entschloss man sich schließlich, ihr zu helfen. Jeder Mensch muss seine eigenen Erfahrungen im Leben machen, selbst wenn sie unter Umständen schmerzlich sind, meinte ihr Vater. Mit Hilfe von Christlen sandte sie ein Stellengesuch an das Gesundheitsamt in London. Ein nettes Foto, ein geglätteter Lebenslauf und Zeugnisse wurden beigefügt. Die positive Rückantwort, die ihre Schwester ins Deutsche übersetzte, gab ihren Hoffnungen neue Nahrung.

Also fuhr Freya eines Tages nach London, wo sie sich in einem Altenheim vorstellte. Sie hatte zuvor Englisch-Nachhilfestunden bei ihrer Schwester bekommen, in denen vor allem Standardfragen und -antworten eingeübt wurden. Ihre Gesprächspartner runzelten zwar die Stirn und schauten sie etwas nachdenklich an, doch am Ende des Interviews bekam sie eine Stelle als Hilfskraft in dem Heim.

Sie blieb ein Jahr in England. Während dieser Zeit erfuhr sie ein zweites Mal, dass es auf dieser Welt gute Menschen, aber auch viele gleichgültige oder schlechte gibt. Zu den guten Menschen: zählten zweifellos eine jungen Altenpflegerin aus Irland und eine ältere Inderin, die in dem Heim als Reinigungskraft angestellt war. Die Irin kam oft auf ihr Zimmer. Sie spielten einfache Gesellschaftsspiele oder hörten im Radio Musik. Manchmal gingen sie auch ins Kino. Die Inderin lud Freya manchmal zu sich nach Hause ein. Sie wohnte in Hammersmith, einem Vorort von London. Ihr Mann arbeitete als Kellner in einem indischen Restaurant. Die drei Kinder des Paares waren bereits erwachsen und lebten ihr eigenes Leben.

Langsam machte auch Freyas Englisch Fortschritte; nicht zuletzt deshalb, weil sie nach Arbeitsschluss immer sehr ausdauernd noch ein bis zwei Stunden englische Vokabeln und englische Grammatik lernte. Das konnte ihre Arbeitskollegen jedoch nicht davon abhalten, ihre häufige Begriffsstutzigkeit und mangelnde geistige Flexibilität zu erkennen. Den meisten war das egal, solange sie gewissenhaft ihre Arbeit machte und bescheiden auftrat. Es gab jedoch auch Kollegen, die das auszunutzen begannen. Während sie sich eine verlängerte Frühstückpause genehmigten, konnte Freya die Arbeit, die eigentlich von ihnen zu erledigen war, mitverrichten.

Man erwartet im Allgemeinen, dass die Stationspflegerin oder die Leitung des Altenheimes einem solchen Verhalten Einhalt gebietet. Das war in diesem Fall jedoch nicht so. Im Gegenteil, Freya bekam immer mehr die unangenehmsten und schwersten Arbeiten zugeteilt, da man sicher sein konnte, dass sie sich nicht dagegen zur Wehr setzte. Außerdem war sie Deutsche und der konnte man auch zehn Jahre nach dem Krieg mal zeigen, „wo es lang ging".

Wenn beispielsweise ein 85 Jahre alter, stark dementer 100-kg-Koloss sich weigerte, geduscht zu werden und deshalb wild um sich schlug, wurde Freya gerufen, da man schnell erkannt hatte, dass sie mit ihrem lieben Gesicht und ihrer mitfühlenden Art auch den widerspenstigsten Senior beruhigen konnte. Und wenn eine bettlägerige Heimbewohnerin zum wiederholten Male an einem Vormittag nach einem Windelwechsel mit anschließender gründlicher Wundsalbenbehandlung verlangte, war sie natürlich ebenfalls meistens diejenige, der man diese Arbeit anvertraute.

Als das irische Mädchen nach acht Monaten zur Heimleitung ging und sich an Stelle von Freya über das Verhalten der anderen Pflegerinnen beschwerte, wurde ihr bedeutet, sie solle sich gefälligst um ihre eigenen Angelegenheiten kümmern und nicht um die anderer. Als sie sich nach zwei weiteren Monaten noch einmal für ihre Freundin einsetzte, wurde ihr unter fadenscheinigen Gründen gekündigt.

Die Inderin riet Freya, die Stelle zu wechseln. Doch wie sollte sie das anstellen? Ihr anfängliches Selbstbewusstsein war verloren gegangen, ein gutes Arbeitszeugnis hätte sie unter den Umständen und nach einem spontanen Wechsel des Arbeitsplatzes vermutlich nicht erhalten und sie wäre wieder ganz auf sich alleine gestellt gewesen. Sie setzte sich in den Kopf, mindestens ein Jahr durchzuhalten. Sie hatte von ihrer Mutter gelernt, dass man nicht so schnell aufgibt, sondern auch unter widrigen Verhältnissen weitermacht. „Wie man sich bettet, so liegt man", hatte Anna-Luise immer gesagt und es war ja nun einmal Freyas eigener Wunsch gewesen, nach England zu gehen. Unglücklich und psychisch angeschlagen arbeitete sie also noch acht Wochen in dem

Altenheim, ohne in ihren Briefen an ihre Familie auch nur einmal von ihrem Leid berichtet zu haben. Ihr einziger Trost waren die gelegentlichen anerkennenden Worte der von ihr betreuten Senioren, die ihre warmherzige Zuwendung schätzten.

Als sie dann nach zwölf Monaten ihre Kündigung abgab, lernte sie an einem angelsächsischen Beispiel allgemein menschliche Falschheit kennen. Man bedaure sehr, sagte die Heimleitern, dass sie nun wieder zurück nach Deutschland ginge. Man hoffe, dass ihr die Arbeit in dem Seniorenheim gefallen habe und ihr das Land England in guter Erinnerung bleibe. Ein Andenken, beispielweise ein kleines Bild der Tower Bridge bei Mondschein, sparte man sich. Dafür durfte sie aber am letzten Tag wenigstens einmal etwas länger mit anderen Beschäftigten, die sich nun ein neues Opfer suchen mussten, Kaffeepause machen. Freya wusste nicht, ob sie nun glückselig dreinschauen, weinen oder wütend reagieren sollte. Am Ende war sie nur - wie so oft - verwirrt. Vorher hatte ihr allerdings eine alleinstehende Bewohnerin des Altenheims heimlich einen schönen Saphirring geschenkt, der sonst nach ihrem Ableben möglicherweise am Finger der Stationspflegerin geglitzert hätte.

Wieder bei ihren Eltern in Mayen erholte sich Freya dank intensiver familiärer Fürsorge relativ schnell, so dass sie abermals in dem Altenheim arbeiten konnte, in dem sie schon vor ihrem England-Abenteuer tätig gewesen war. Sie bezog erneut eine eigene kleine Wohnung und lebte dort fast drei Jahrzehnte bescheiden und sparsam. Von ihrer Sparsamkeit profitierten vor allem ihre Neffen, denen sie immer großzügige Geldgeschenke machte.

24

Gerhard war in der Öffentlichkeit nie ein Mann der großen Worte gewesen, doch im Alter wurde er noch schweigsamer. Es kam vor, dass er bei Wanderungen mit seinen Freunden im Eifelverein oder bei der abschließenden Einkehr in einem Dorfgasthof lange in Schweigen verharrte. Sprach man ihn allerdings auf seine Heimat Schlesien an, trat er aus seiner Verschlossenheit heraus und konnte angeregt davon erzählen.

Gerhard und Anna-Luise lebten noch einundzwanzig Jahre in ihrer kleinen Eigentumswohnung in Mayen. Man fand mit der Zeit neue Freunde und nahm in bescheidenem Maße am gesellschaftlichen Leben teil. Gerne besuchten sie die Veranstaltungen des Eifelvereins oder des Geschichts- und Altertumsvereins in Mayen oder des Johanniterordens der Genossenschaft Rheinland-Pfalz-Saar, dem Gerhard angehörte. Die sommerlichen Burgfestspiele auf der Genovevaburg ließen sie ebenfalls nie aus.

Wie schon oft zuvor nahmen Gerhard und Anna-Luise auch an einem der seit 1572 regelmäßig stattfindenden Familientreffen, dieses Mal in Nürnberg, teil. Die Wahl von Nürnberg als Veranstaltungsort war nicht ganz zufällig, da der alte Johannes v. Gersdorff und einige weitere genealogisch ambitionierte Mitstreiter herausgefunden zu haben glaubten, dass die Familie bis nach Franken zurückverfolgt werden konnte. Nach ihren

Recherchen stammte nämlich der erste urkundliche erwähnte Gersdorff aus dieser Region. Der war angeblich im Hochmittelalter von seinem Landesherrn als Lokator nach Schlesien entsandt worden, um das Kolonisationsland an dort zugewanderte Deutsche zu verteilen. Johannes, mittlerweile Witwer, wohnte jetzt in einem Altersheim in Göttingen. Nach einer Zeit der Trauer hatte er wieder zu neuem Lebensmut zurückgefunden und reiste viel.

Karl, der ebenfalls zu dem Treffen gekommen war, hatte man im Krieg, nach dem Auskurieren seiner Beinverletzung, zu einem neuen Truppenteil in der Normandie abkommandiert. Dort hatte er, mittlerweile zum Kompaniechef avanciert, die Invasion der Alliierten und viele quälende Rückzugsgefechte der Deutschen miterlebt, aber diese Kampfhandlungen letztendlich unbeschadet überstanden. Später wurde er Ingenieur in einem deutschlandweit tätigen Bauunternehmen, gründete eine Familie und bekam drei Kinder.

An einem der drei Abende saßen alle drei beisammen. Zu ihnen gesellte sich außerdem noch der Vorsitzende des Familienverbandes, Ulrich v. Gersdorff. Sie unterhielten sich über die Vergangenheit, die Gegenwart und die Zukunft. Johannes meinte, die gute alte Zeit im Kaiserreich sei für ihn die beste gewesen. Karl, der an seine drei Kinder dachte, favorisierte eine lebenswerte und vor allem friedliche Zukunft. Das Oberhaupt des Familienverbandes Ulrich hingegen sagte mit Blick auf alle Gersdorffs heute und jetzt, dass die Gegenwart für ihn besondere Bedeutung habe. Aus diesen drei voneinander abweichenden Ansichten ergab sich ein längerer Gesprächsbedarf. Schließlich gab der ehemalige Landwirt Gerhard zu bedenken, dass eine Ernte stets von der Qualität sowie der Bearbeitung des Bodens abhängig sei und danach müsse man mit Fleiß die Ernte einbringen. Am Ende gelte es dann aus der Frucht durch Können und Liebe das Bestmögliche zu machen. Somit wären Vergangenheit, Gegenwart und Zukunft gleichermaßen bedeutsam. Alles würde ineinander greifen. Dieser salomonischen Blickrichtung konnten sich die anderen nicht verschließen. Beschwingt bestellte man noch zwei weitere Flaschen Wein.

Es wurde spät an diesem Abend. Man wechselte hin und wieder die Plätze, um mit möglichst vielen der Anwesenden ins Gespräch zu kommen. Gegen Ende des Treffens brachte der Vorsitzende ein Hoch auf die Familie aus. Dem schlossen sich alle weit nach Mitternacht noch im Saal des Hotels befindlichen Gersdorffs - alte, jüngere und einige sehr junge, die von ihren Eltern noch nicht ins Bett geschickt worden waren - mehrstimmig, vom Bass bis Sopran, fröhlich an.

Als daraufhin der Nachtportier aufgrund der Lautstärke zu nachtschlafender Zeit wegen der anderen Gäste in der großen Hotelanlage besorgt in den Saal schaute, schnappte sich der Chef des Familienverbandes eine nur halb ausgetrunkene Cognacflasche und zwei noch unbenutzte Cognacgläser und schlenderte mit dem Mann zurück zur Rezeption. Um 3.00 Uhr begab sich dann endlich auch Ulrich selber auf sein Zimmer, wo seine Frau bereits seit längerem in tiefem Schlaf versunken im Bett lag. Mittlerweile befand sich der Nachtportier in einer deutlich weniger besorgten Stimmung und er selbst war um einige Hotelanekdoten reicher geworden.

25

Die Jahre gingen ins Land und nach und nach verließen Gerhard die Kräfte. Er nahm immer seltener an Wanderungen teil und wurde schließlich mit 87 Jahren bettlägerig. Seine elf Jahre jüngere Frau pflegte ihn hingebungsvoll. Viele lange Jahre hatte sie an seiner Seite gelebt, immer eine gewisse Distanz zu ihrem manchmal so unnahbaren Mann empfunden, doch jetzt im Alter sah sie ihn mit anderen Augen. Er war immer loyal ihr gegenüber gewesen, hatte sie nie schlecht behandelt und war für ihre vier gemeinsamen Kinder stets ein liebevoller, verantwortungsvoller Vater gewesen. Wirkliche Zuneigung, ja sogar Liebe, kommt manchmal spät, doch nie zu spät!

Als Anna-Luise an Krebs erkrankte, kam Gerhard 1974 in ein Altersheim in Daun, wo auch Rotraut mit ihrem Mann und zwei noch im Elternhaus lebenden Söhnen wohnte. Sie selber zog in die Einliegerwohnung ihrer Kinder. Trotz ihrer Krankheit besuchte sie Gerhard fast täglich, brachte ihm Kuchen mit, las ihm vor oder hielt nur seine Hand. Ein Jahr später starb Gerhard v. Gersdorff, zwei Jahre vor seiner Frau.

Seine Töchter fragten die Altenpflegerin, die ihn am Schluss betreut hatte, ob seine letzten Stunden schwer für ihn gewesen wären. Das könne sie nicht mit Sicherheit sagen, da er in der Nacht gestorben sei, antwortete diese. Aber sie glaube es nicht. Als sie frühmorgens in sein Zimmer gekommen wäre, hätte er mit einem friedlichen, ja fast glücklichen Gesichtsausdruck in seinem Bett gelegen.

Die Altenpflegerin irrte sich nicht, denn Gerhard hatte, bevor er diese Welt verließ, einen Traum: Er ging einen

Feldweg entlang. Links und rechts seine sich im Winde wiegenden Getreidefelder, vor ihm auf dem Hügel der zum Gut gehörende Wald. Zwischen den Bäumen trat ein junger Mann hervor. Der hatte die Arme weit ausgebreitet und lief den Hügel hinunter, ihm entgegen.

Die Glieder des alten Mannes zuckten, so als wollte er sich noch einmal aufrichten. Der Schleier des Todes wich aus seinem Kopf. Seine Gedanken – so schien es ihm - waren klarer als jemals zuvor.

„Papa, ich bin endlich wieder zu Hause", rief der junge Mann.

„Wir haben so lange auf dich gewartet, Wolf. Warum kommst du erst jetzt?"

„Wegen dem Krieg, dem verdammten Krieg!"

„Hast du trotzdem die Fahne hoch gehalten, mein Junge?"

„Das habe ich, Papa. Natürlich habe ich das!" Er stand jetzt direkt vor seinem Vater. „Aber es ist an der Zeit, dass die Menschen, dass wir alle dazulernen. Aggressionen und Machtbesessenheit dürfen nicht mehr unser Handeln bestimmen."

„Meinst du, der Mensch kann gegen seine eigene Natur dazulernen?"

„Ich hoffe es von Herzen."

„Ein einzelnes Individuum kann sich in Einzelfällen infolge tiefgehender Erfahrungen in seiner persönlichen Lebensgeschichte ändern. Doch Kriege führen Völker gegeneinander."

„Das stimmt! Wir sollten aber nicht zulassen, dass Grenzen uns entzweien. Das Denken in nationalistischen Kategorien muss aufhören. Der eine sollte den anderen als das sehen, was er ist: ein Mensch wie er."

„Das ist leichter gesagt als getan, Wolf. Die Bevölkerung eines Landes unterscheidet sich in ihrer Gesamtheit nun mal von der Bevölkerung eines anderen Landes, so wie Individuen sich voneinander unterscheiden. Das trifft sogar schon auf einzelne Regionen innerhalb eines Landes zu. Abhängig ist dies von den unterschiedlichsten Faktoren, z.b. dem jeweiligen Lebensraum, seiner Geographie, seinem Klima, dem Vorhandensein oder Nichtvorhandensein von Bodenschätzen und den sich daraus ergebenden wirtschaftlichen Möglichkeiten, aber auch von der jahrhundertelangen Geschichte einer Nation. Das schließt natürlich nicht aus, dass einzelne Menschen verschiedener Nationen sich durchaus ähnlich sein können.“

„Das weiß ich alles, Papa, denn du hast es uns, deinen Kindern, schon des Öfteren erklärt. Und trotzdem! Wir müssen einen Weg zu einem friedvollen Miteinander der Völker auf dieser Welt finden. Es gilt, die Gemeinsamkeiten und weniger die Unterschiede zu betonen.“

„Das wird ein langer, steiniger Weg sein.“

„Dann sollten wir uns auf den Weg begeben. Sonst führen wir in naher Zukunft einen verheerenden Krieg gegen uns selbst.“

„Du bist ein guter Junge, Wolf.“ Er nahm seinen Sohn in den Arm und drückte ihn.

Er drückte ihn immer noch, als das Licht der Sonne, die über dem Horizont gestanden hatte, näher und immer näher kam.

Dies war die Geschichte einer Familie aus dem ehemaligen deutschen Osten. Es gab Hunderttausende solcher Familien. Viele hatten ein noch erheblich schwereres Schicksal zu ertragen, andere kamen fast ungeschoren davon. Wie bei vergleichbaren Schilderungen dieser Art wurden einige Ereignisse fiktional ergänzt oder leicht verändert. Doch im Wesentlichen entspricht die Darstellung der Geschehnisse der Wahrheit. Und die sollte in den Familien an die nachfolgenden Generationen in der Gegenwart und in der Zukunft weitergegeben werden. Vielleicht kommt ja irgendwann eine Zeit, in der der Mensch dem Menschen kein Leid mehr zufügt. Die Hoffnung ist es, die uns Kraft gibt!

Danken möchte ich Peter Fricke und Siegfried Horn. Sie haben mich bei meinem Vorhaben, dieses Buch zu schreiben, ermuntert und unterstützt.

Von Wolf-Henry Sturt sind außerdem erschienen:

Erinnerungen eines Lehrers - Schule ist, wenn man trotzdem lacht

Wirf du den ersten Stein!